파란만장 내 인생

파란만장 내 인생

제1판 제1쇄   2016년 12월 29일
제1판 제6쇄   2023년 8월 9일

지은이   구경미
펴낸이   이광호
펴낸곳   ㈜문학과지성사
등록번호   제1993-000098호
주소   04034 서울 마포구 잔다리로7길 18 (서교동 377-20)
전화   02) 338-7224
팩스   02) 323-4180(편집)   02) 338-7221(영업)
전자우편   moonji@moonji.com
홈페이지   www.moonji.com

ISBN 978-89-320-2929-0 43810

이 도서의 국립중앙도서관 출판예정도서목록(CIP)은 서지정보유통지원시스템 홈페이지
(http://seoji.nl.go.kr)와 국가자료공동목록시스템(http://www.nl.go.kr/kolisnet)에서
이용하실 수 있습니다.(CIP제어번호: CIP2016031568)

파란만장 내 인생

구경미 장편소설

문학과지성사

차례

● 나 한동이, 도대체 사랑을 모르겠다

수업을 마치자마자 달려왔는데도 가게에는 빈자리가 없었다. 할 수 없이 우리는 계산대 안쪽으로 기어들어 가 홀을 향해 나란히 앉았다. 마주 보고 싶었으나 그건 무릎이 부딪쳐서 불가능했다. 아니, 작년까지는 가능했다. 그런데 몇 달 새에 둘 다 키가 훌쩍 커버려서 마주 앉아 얼굴 보며 정답게 속삭이는 건 이제 영원히 불가능해졌고, 계산대 위로 얼굴만 불쑥 솟아서는 홀을 보며 각자 떠드는 듯한 장면을 연출하지 않을 수 없게 되었다. 그럴 때마다 할머니는 또 두더지 게임이냐고 놀렸다. 우리가 앉아 있는 꼴이 그 게임이랑 닮았다는 것이다.

"이 꼴 보기 싫으면 가게 좀 넓혀."

줄기차게 요구해왔다. 두더지 같다는 말이 듣기 싫어서가 아니었다. 언제나 나를 골려먹을 궁리만 하는 할머니 말은 무시하면 그만이니까.

불안감 때문이었다. 여기서 키가 더 자란다면(더 자랄 게 분명하다!) 나란히 앉는 것조차 힘들어질 것이다. 3센티 남았다. 벽에 의자를 꼭 붙이고 앉았는데도 무릎에서 계산대까지는 이제 3센티밖에 남지 않았다! 가게는 정말이지 돼지 콧구멍만 해서 걸핏하면 빈자리가 없었고, 용케 먼저 와서 자리를 잡는다 하더라도 마음껏 수다를 떨기에는 할머니 눈치가 보였다. 할머니는 손녀라고 해서 자리 양보를 강요하지는 않으나 눈치를 줄 정도로는 장삿속이 있었다. 나도 엄연히 손님인데도 불구하고. 주변에 다른 떡볶이집만 있었어도 절대 오지 않았을 것이다.

"가게만 넓어봐. 두더지처럼 왜 이러고 있어."

오늘도 어김없이 투덜댔다. 할머니는 못 들은 척 거스름돈을 챙기더니 테이블로 가버렸다.

나에게도, 아니 우리에게도 떡볶이나 닭꼬치를 씹으며 하루 일과를 정리할 수 있는 공간이 필요하단 말이다. 일의 원인과 결과를 따져보고, 미래를 예측하고, 정보를 주고받을 수 있는 장소가 간절하게 필요했다. 오늘처럼 사건이라도 하나 터지는 날이면 더욱 그랬다.

"난 그 애들 이해할 수 있을 것 같아."

떡볶이 접시를 넘기며 수민이가 말했다. 나는 접시를 넘겨받은 후, 고개를 돌려 수민이를 보았다.

"응. 농담 아니고 진짜."

묻지도 않았는데 수민이가 말했다.

"난 아무리 생각해도 이해가 안 되는데?"

"이해는, 생각한다고 되는 게 아냐."

수민이가 내 손에서 접시를 가져갔다.

"그럼?"

"그냥…… 하는 거지."

입안 가득 떡볶이를 넣고 우물거리며 수민이가 말했다.

"아, 목 아파."

나는 고개를 바로 했다.

오늘 점심시간이었다. 급식실로 가기 위해 우르르 자리를 박차고 일어나던 아이들이 한순간 움직임을 멈추고는 교실 뒤쪽을 쳐다보았다. 수민이가 내 자리로 쪼르르 달려오더니 역시 교실 뒤쪽을 턱짓으로 가리키며 속삭였다. 쟤들 좀 봐.

"아까 했던 말 다시 한 번 해봐!"

지혜였다. 지혜 앞에는 정혜가 마주 서 있었다. 둘은 서로를 잡아먹을 듯 노려보고 있었다.

"하라면 못 할 줄 알고. 걔가 열라 꼬리 쳤단다. 사생들이 입 다 털었어."

정혜의 목소리가 날카로웠다.

"사생들이 거짓말하는 줄 어떻게 알고. 증거를 가져오라고, 증거!"

지혜도 지지 않고 받아쳤다. 점심시간이 되기만을 기다리고 있었던 듯 둘은 선생님이 나가자마자 큰 소리를 내며 싸우기 시작했다.

"쟤들 수업 시간부터 이미 살벌했어. 소곤거리며 싸우느라 힘들었을걸."

수민이가 말했다.

"그래? 전혀 몰랐어. 근데 쟤들 왜 싸워?"

"오늘 기사 났잖아. A하고 B. 정혜가 A 팬이고, 지혜가 B 팬. 아침부터 으르렁거리더니 결국 붙은 거지."

기사 내용은 알고 있었다. 등교 때도 분위기가 어수선하더니 아이들은 쉬는 시간만 되면 두셋씩 모여 그 일을 떠들었다. 오전 내내 교실 안이 술렁였다. 우는 아이도 있었고, 배신당했다며 화를 내는 아이도 있었고, 어이없어하는 아이도, 멍하니 넋을 놓은 아이도 있었다. A와 B는 반 아이들 입에 가장 자주 오르내리던 인기 아이돌이었다.

"A가 뭐가 잘났다고 우리 애가 꼬리를 쳐. 미쳤냐? 걔가 개인 광고가 있어, 개인 활동이 있어? 인기도 없고 존재감도 없고. 그룹 아니면 아무것도 없는 주제에."

지혜의 말이 직격탄이 된 듯했다. 정혜가 갑자기 책상을 들더니 옆으로 던졌다. 몰려 서 있던 아이들이 우르르 흩어졌다. 책상이 교실 바닥에 나자빠졌고, 안의 물건들이 사방으로 튀었다. 정혜가 다시 책상 하나를 들어 바닥으로 내다 꽂았다. 교과서 몇 권이 지혜의 배에 맞고 발등으로 떨어졌다. 정혜가 다른 책상을 찾는 사

10

이 지혜가 떨어진 교과서를 주워 정혜를 향해 던졌다. 교과서는 둔탁한 소리를 내며 정혜의 머리와 가슴을 맞혔다.

정혜가 지혜를 향해 달려들었다. 둘은 육탄전으로 돌입했다. 창가에는 다른 반 아이들이 새까맣게 달라붙어 싸움을 구경하고 있었다. 말리는 아이는 없었다. 교무실로 달려가는 아이도 없었다. 선생님은 육탄전이 시작된 지 한참 뒤에야 나타났다. 신고를 받아서가 아니라 아이들이 창가에 달라붙어 있는 걸 이상히 여겨 와본 것이었다.

싸움이 끝났을 때 교실은 난장판이 되어 있었다. 우리 반만큼 격렬하지는 않았지만 다른 반에서도 비슷한 싸움이 일어났다고 했다.

A와 B는 연애를 하는데 그 팬들은 오늘만 살고 말 사람들처럼 서로 물어뜯고 싸우느라 근래 가장 바쁜 하루를 보냈다.

지혜와 정혜는 병원으로 실려 가고, 우리는 급식실로 쫓겨 갔다. 점심시간이 10분 연장되었다.

"연예인이 뭐라고 목숨까지 거냐."

떡볶이를 씹어 삼킨 뒤 얼른 우유를 마셨다. 그래도 입안이 얼얼했다.

"좋아하면 그럴 수도 있지."

"연예인을 알면 뭘 얼마나 안다고."

지혜와 정혜는 전치 3주 진단을 받았다. 전치 3주가 얼마나 큰

상처인지는 잘 모른다. 선생님은 지혜와 정혜가 당분간 학교에 오지 않을 거라고 말했다.

"꼭 잘 알아야 좋아하냐? 그런 감정은 그냥, 저절로 생기는 거야."

오늘따라 수민이가 단호했다. 우유부단의 아이콘 수민의 평소 모습은 찾아볼 수 없었다.

"그러니까 그게 어떻게, 그냥, 저절로 생기냐고. 상대에 대해 잘 알지도 못하면서. 쉽게 만날 수 있는 사람들도 아니고."

"감정이니까. 머리가 아니라 가슴이 시키는 거."

"너도 혹시?"

아무래도 수상했다.

"아냐, 그런 거. 다만 공감의 폭이 너보다 넓을 뿐. 내가 볼 때 넌 좀 많이 삐딱해."

"알아."

나는 순순히 인정했다.

"착하지도 않아."

"그것도 알고."

"주제 파악은 잘하네."

"응. 내 장점."

"유일한?"

"아마도."

"농담이야."

12

"알아."

"말만 하면 다 안대."

"나 똑똑. 인정?"

"어이구, 장소팔 고춘자 납셨네. 쓸데없는 만담 그만하고 어여 나와. 자리 났어."

어느새 옆으로 다가온 할머니가 주먹으로 쾅, 내려쳐 금고를 열었다.

*

'마녀 할머니의 독 탄 떡볶이'로 간판을 바꿔 단 것은 2년 전쯤이었다. 그전에는 '할머니 떡볶이'였던가, '할머니 손맛 떡볶이'였던가 아무튼 그랬다. 심심하고 재미없는. 손님도 지금처럼 많지 않았다. 학생들 하교 시간에만 반짝, 그뿐이었다. 반짝,이라고는 해도 하루 중에서 그렇다는 것이지 빈자리가 남아돌아서 학교를 마치자마자 달려올 일도, 계산대 안쪽으로 쫓겨 갈 일도 없었다. 그때 할머니는 '심심하다'는 말을 입에 달고 살았다.

"뭔 놈의 인생이 이리 심심하냐."

내가 와서 심심해진 것인지 그전부터 계속 심심했던 것인지는 알 수 없었다. 그즈음 나는 집에서 나와 할머니와 함께 살고 있었다. 확실한 건 내가 곁에 있어도 할머니는 심심하다는 것이었다.

어느 날 할머니가 말했다.

"좀 바꿔야겠다."

"뭘?"

"전부 다."

그러고는 이틀 뒤 간판을 바꿨다. 또 이틀 뒤에는 메뉴판을 새로 달았다. 순대, 어묵을 없애고 떡볶이 하나로 통일했다. 그래도 메뉴는 여러 개였다.

불난 집에 부채질, 내게 강 같은 평화, 삶이 그대를 속일지라도.

"메뉴 이름이 이게 뭐야? 구닥다리 같아."

내가 투덜거리든 말든 할머니는 흡족한 표정을 지었다.

'불난 집에 부채질'은 아주 매운맛이고, '내게 강 같은 평화'는 보통 맛, 그리고 '삶이 그대를 속일지라도'에는 떡볶이에 다른 재료가 추가로 들어갔다. 치즈나 라면, 만두 같은 것들이.

"앞의 두 개는 이해가 되는데 마지막 건 왜 '삶이 그대를 속일지라도'야?"

내가 물었다.

"뭘 넣을지는 내가 결정하니까."

"치즈떡볶이가 먹고 싶은데 만두가 나오면?"

"운명이려니 하고 받아들여야지."

할머니는 치즈나 라면, 만두 외에도 대파나 당근, 피망 같은 얼토당토않은 것들을 넣기도 했다. 한마디로 흥 아니면 망이었다. 그래도 이 메뉴가 제법 인기 있었던 것은 운이 좋으면 같은 값으로 더 비싼 떡볶이를 먹을 수 있다는 점 때문이었다. 그날의 운세를 점치는 데 이 메뉴를 이용하기도 했다. '그냥 재밌어서' 혹은 '엉뚱해서' 주문하는 사람들도 있었다.

메뉴판 아래에는 '임산부나 노약자, 심신 허약자는 사망에 이를 수도 있으니 메뉴 선택 시 매우 주의하시기 바랍니다'란 문구가 A4 용지에 인쇄, 코팅되어 떡하니 붙어 있었다. 물론 할머니 소행이었다.

"그 정도로 맵지는 않아."

아무리 임산부나 노약자라 해도 떡볶이가 매워서 죽었다는 사람은 보지 못했다. 그러므로 나는 옳은 소리를 했을 뿐인데, 돌아오는 대답이 걸작이었다.

"세상 사람들이 다 너처럼 독한 줄 아냐?"

나는 한 번 더 지적했다.

"너무 노골적이야."

"뭐가 말이냐?"

할머니가 물었다.

"호기심 자극하는 거. 장삿속이 빤히 보여."

그랬는데, 의외로 사람들은 매운 걸 좋아하면서도 매운맛에 약했다. '불난 집에 부채질'을 맛본 사람이라면 반드시 혓바닥을 빼물고 손부채질을 하며 "샤워 10분 할게요"를 외쳤다. 그러면 할머니는 혀를 쯧쯧 차며 말했다.

"그러게 조심하라고 저 벽에도 붙여놨잖아. 무슨 물로 드릴까?"

검은 물과 흰 물이 있었다. 콜라를 검은 물로, 우유를 흰 물로 적은 것도 할머니였다. '샤워 10분'이란 콜라나 우유 한 잔으로 10분 동안 매운 속을 씻어 내릴 수 있다는 뜻이었다.

처음 온 사람들은 어리둥절해하며 물었다.

"여기서 샤워를 해요?"

"그럼. 우리 집 물이 좋아."

시침 뚝 떼고 할머니가 대답했다.

"온천도 아닌데 물이 좋아요? 다 같은 수돗물 아닌가……?"

"정 궁금하면 한번 해보든지."

"샤워를요?"

"천 원밖에 안 해."

그때쯤이면 가게 안의 사람들은 고개를 숙이고 소리 죽여 킥킥거렸다. 할머니 말이 맞다며 한번 해보라고 적극 권하는 사람도 있었다.

"천 원이면 싸긴 하네요. 그래도 샤워는 좀 그렇고…… 발만 담그고 있어도 돼요? 제가 수족냉증이 있어서 안 그래도 일주일에 서너 번은 족욕을 하거든요."

"그럼. 샤워를 하든 족욕을 하든 그거야 손님 마음이지. 검은 물로 드릴까, 흰 물로 드릴까?"

"검은 물은 뭐고, 흰 물은 뭐예요?"

"보면 알아."

"음…… 이왕이면 흰 물로 주세요. 저 어디로 가요?"

"가만히 앉아 있어. 내가 갖다줄게."

할머니가 쟁반에다 우유를 얌전히 받쳐 들고 나와 손님 테이블에 내려놓는 순간이 그때까지 숨죽이며 지켜보고 있던 가게 안의 사람들이 일제히 폭소를 터뜨리는 때였다. 주문한 손님의 어리둥절해하거나 어이없어하는 표정에 또 2차 폭소.

도대체 뭐가 재미있다는 것인지, 속이는 할머니나 방조하는 사람들이나 다 이해할 수 없었다.

"난 재밌는데?"

내가 투덜거릴 때마다 수민이는 말하곤 했다.

"이럴 때 한번 웃는 거지 뭐."

"동이가 너 반만 닮아도 소원이 없겠다."

할머니는 언제나 수민이 편이었다.

"나더러 맨날 실실 웃고 다니라고?"

"무뚝뚝한 것보다야 웃는 얼굴이 훨 낫지. 얼마나 예쁘냐. 안 그래, 수민아?"

"그럼요, 할머니."

"차라리 손녀를 바꿔."

"그럴까, 수민아?"

"네, 할머니."

2 대 1 싸움은 언제나 나의 패배로 끝이 났다. 할머니가 이런 말만 덧붙이지 않는다면.

"수민아, 내 소원이 하나 더 있다. 동이 설득해서 집에 좀 들여

보내라."

그 말에는 수민이도 차마 네, 할머니, 하고 대답하지 못했다. 우리 집 사정을 누구보다 잘 알고 있는 수민이었으므로.

*

아홉 살 여름이었다. 사진에 박힌 연도와 옷차림이 그렇다고 말해주고 있었다. 주말이었던 것 같다. 밖에서 놀다 집에 오니 못 보던 물건들이 거실 한쪽 벽면을 다 채우고 있었다. 가장 먼저 눈에 띈 것은 대형 텔레비전이었다. 원래 있던 작고 낡은 텔레비전은 어디로 치웠는지 보이지 않았다. 낯선 남자가 텔레비전 앞에 앉아 뭔가를 하고 있었고, 아빠는 그 옆에 엉거주춤 서서 지켜보고 있었다.

"텔레비전 샀어?"

엄마에게 물었다.

"홈시어터라는 거야. 사는 김에 텔레비전도 큰 걸로 바꿨고."

"그게 뭔데?"

화장을 한 것도 아닌데 엄마의 얼굴이 발그레했다.

"집에서 영화 보는 시스템. 음향이며 영상이며 영화관에서 보는 거랑 똑같대."

"집에서 왜 영화를 봐? 영화관 가면 되지."

"시간 맞추기도 어렵고…… 나이 든 여자가 혼자 영화관 가면 사람들이 이상하게 쳐다보잖아."

그때 낯선 남자가 아빠를 올려다보며 설치가 끝났다고 말했다.

"디브이디 한번 넣어보세요."

아빠가 시디처럼 생긴 물건을 플레이어에 넣었다. 그러자 새로 산 텔레비전 화면에 영상이 떴다. 평소 텔레비전으로 보던 화질이나 소리와는 질적으로 다르다는 걸 한눈에 알 수 있었다. 스피커 때문인지 소리가 사방에서 들렸다.

"아!"

엄마가 넋이 나간 표정으로 감탄사를 내뱉었다.

그날 저녁 '홈시어터라는 걸 구경'하기 위해 동네 아주머니 몇 분이 집으로 찾아왔다. 물론 아빠의 전화를 받고서였다. 사달라고 말한 건 엄마라는데 신나서 자랑한 건 오히려 아빠였다. 아빠의 그 장황한 설명과 자랑을 듣다 보면 누구라도 홈시어터라는 게 뭔지 궁금하지 않을 수 없었을 것이다.

술판이 벌어졌다. 사람들은 먹고 마시며 웃고 떠들었다. 동생과 나는 식탁에 앉아 피자를 먹으며 그런 사람들을 구경했다. 텔레비전 화면에서는 뮤지컬 영화가 상영되고 있었지만 영화를 감상하는 사람은 아무도 없었다. '새 기계'를 '구경'하기 위해 왔다지만 내가 보기엔 그저 함께 모여서 술 마시고 노는 게 더 즐거운 듯 보였다.

별것 아닌 말들에도 사람들은 박수를 치며 웃었다. 술을 잘 못하는 엄마도, 그래서 사람들의 모임에서도 어딘지 좀 외로워 보이던 엄마도 그날만큼은 그런 느낌 하나 없이 마냥 기분 좋아 보였다. 엄마가 그렇게 환하게 웃고 즐거워하는 모습을 본 건 내가 기억하는 한 그때가 처음이었다.

"트로트는 안 나오나? 영화 말고 노래 신나는 거 좀 틀어봐요."

아주머니 한 분이 말했다.

"제가 내일 나가서 노래 시디 사올게요."

아빠가 대답했다.

"우리만 마셔서 미안하네."

다른 아주머니 한 분이 새 기계들을 둘러보며 말했다.

"같이 마시면 되지. 자, 니들도 마셔라."

또 다른 아주머니 한 분이 비틀거리며 걸어가더니 기계들에 술을 부었다. 노란 맥주가 일부는 안으로 스며들고 일부는 기계들을 타고 내려와 거실 바닥으로 흘렀다. 사람들이 재밌다며 또 박수를 치고 웃었다. 힘을 얻은 아주머니가 이미 젖은 기계들에 맥주 한 잔씩을 더 부었다.

잠시 후 엄마가 슬그머니 자리에서 일어나더니 수건을 챙겨 들고 아무도 눈치채지 못하게 조용히 기계들 쪽으로 다가갔다.

어느 순간부터 아무 소리도 나지 않았다. 텔레비전이 벙어리가 되었다. 화면은 나오는데 소리가 들리지 않았다. 그래도 영화는 계속되고, 사람들은 여전히 먹고 마시며 웃고 떠들었다. 엄마만 불안한 얼굴로 텔레비전 화면과 스피커를 번갈아 힐끔거렸다.

"아빠, 저거 소리 안 나."

보다 못한 내가 말했다.

"응? 어…… 진짜네."

"소리가 안 나? 왜? 그깟 맥주 좀 부었다고?"

"술만 주니 그러지. 안주도 줘봐."

"기계는 뭐니 뭐니 해도 말 안 들을 땐 한 대 패는 게 최고야."

"알아먹지도 못하는 말 안 나오니까 조용허니 좋다."

"동이 엄마가 영화 보고 싶대서 샀다며. 소리 안 나오면 어떻게 영화를 봐?"

"한 대 쳐볼까?"

"괜찮습니다, 괜찮아요. 걱정 마시고 술들 드세요. 내일 설치 기사 불러서 해결하면 됩니다."

아빠와 아주머니들이 중구난방으로 떠드는 와중에도 엄마는 한 마디도 하지 않았다. 엄마는 어쩐지 슬퍼 보였다.

설치 기사가 왔다. 아빠는 전날 술을 너무 많이 마셔서 안방에 누워 있었다. 엄마가 대강 상황을 설명했다.

"술을 부었다고요?"

설치 기사가 어이없다는 듯 웃었다.

"네…… 그래도 저기 벽에 설치된 스피커에는 안 부었는데…… 저기도 소리가 안 나는 것 같아요."

"일단 한번 살펴볼게요."

나는 엄마 옆에 붙어 서서 설치 기사가 하는 양을 지켜보았다.

잠시 후 기사가 말했다.

"앰프도 맛이 간 거 같고, 멀쩡한 스피커에서도 소리가 안 나는 걸 보면 디브이디 플레이어의 음향 송출 장치에도 문제가 생긴 것 같은데요."

"그럼 에이에스 맡기면……?"

걱정스러운 얼굴로 엄마가 물었다.

"소비자의 명백한 과실이기 때문에 에이에스는 안 되고요, 미리 말씀드리는데 수리비가 꽤나 들 것 같습니다. 100프로 고친다는 보장도 없고요."

"아……"

엄마는 말을 잇지 못했다.

"전자 제품에 도대체 왜 술을 부으셨어요?"

기사가 한심하다는 듯 엄마를 쳐다보았다.

"어떡하시겠습니까? 그래도 수리를 맡기실 건지……"

엄마는 대답하지 못했다. 기다리다 못한 기사가 재촉했다.

"얼른 결정해주셔야 하는데…… 제가 시간이 없어서요."

"생각 좀 해볼게요."

결국 엄마가 말했다. 설치 기사는 빈손으로 돌아갔다.

한참 뒤 아빠가 해골 같은 몰골로 안방에서 나오며 말했다.

"나중에 더 좋은 걸로 사줄게."

아빠는 약속을 지키지 못했다. 엄마는 3년 뒤 신장암으로 돌아가셨다. 엄마의 할아버지와 같은 병이었다.

엄마는 죽기 전까지 매일 소리 없는 영화를 보았다. 영화 속 인물들은 모두 벙어리가 되었다. 입은 벙긋거리지만 소리는 나오지 않는. 그래서인지 잘생기고 예쁜 배우든 못생기고 안 예쁜 배우든 다들 좀 멍청해 보였다.

늦은 밤, 소리 없는 영화를 보는 엄마는 슬퍼 보였다.

*

아빠는 새로 결혼을 했다. 날짜를 세어보니 엄마가 돌아가신 지 정확히 여섯 달하고 14일 만이었다. 여자는 아빠보다 다섯 살 어렸고, 이혼한 전력이 있으며, 아이는 없었다. 아빠의 직장 동료가 두 사람의 만남을 주선했다고 했다.

"아빠…… 결혼한다."

어느 날 저녁 일찍 퇴근해서 돌아온 아빠가 말했다.

"아주머니, 저 결혼합니다."

도우미 아주머니에게도 말했다.

"아유, 잘됐네요. 축하드려요."

"감사합니다."

"행복하게 잘 사실 거예요."

"그래야죠."

"그럼 저는 어떻게……"

"아주머니가 계속 집안일 맡아주세요. 그 사람도 일이 있어서 집안일까지 하기는 아마 힘들 겁니다.”

“아유, 자상도 하셔라.”

그런 대화들을 멍하니 듣고 있던 내가 불쑥 물었다.

“언제?”

“한 달 뒤에.”

아빠가 대답했다.

“그렇게 빨리?”

“아, 좀 빠른가……”

“……”

“하긴 만난 지 두 달밖에 안 됐으니 좀 빠르긴 하지.”

“엄마 돌아가신 지 아직 1년도 안 됐어.”

“네 엄마는 이해할 거야. 하늘에서도 우리 걱정만 하고 있을 테 니까. 그러니 너도 이해 좀 해주라. 이 사람 놓치면 평생 후회할 것 같아서 그래.”

아빠가 결혼한다는 사실보다도 나는 이 말에 더 상처를 받았다. ‘놓치면 평생 후회할 것 같은 사람’은 아빠 평생에 엄마 하나뿐일 줄 알았다.

“애들 엄마 놓치면 평생 후회할 것 같아서 석 달 동안 하루도 안 빼놓고 매일 처갓집을 찾아갔죠. 장모님, 장인어른한테 결혼 승낙 받아내려고요. 제가 마음에 안 차셨는지 일단 두고 보자는 말씀만 하시는 거예요. 그때 얼마나 꿇어앉아 있었는지 나중에 보 니까 무릎이 다 까졌더라고요.”

조사 하나 틀리지 않고 외울 수 있는 말이었다. 지금의 집으로 이사를 하고 동네 아주머니들이 처음 우리 집에 놀러 왔을 때도, 아빠의 직장 동료들이 집들이 왔을 때도, 엄마 쪽 친척들이 방문했을 때도, 또 그 이외의 무수한 자리에서 아빠는 이렇게 말하곤 했다. "무릎이 다 까졌더라고요" 다음엔 늘 호탕한 웃음으로 마무리했다. 그러면 사람들이 엄마 얼굴을 한 번 더 쳐다보았다. 이렇게 지극정성인 남편을 만나다니 부럽다고 엄마에게 말하는 사람도 있었고, 미인을 얻으려면 그 정도 고생은 당연하다고 아빠에게 말하는 사람도 있었다.

엄마에게 진심이었을까, 아빠는? 어떻게 '놓치면 평생 후회할 것 같은 사람'이라는 말을 상대만 바꿔 똑같이 쓸 수 있을까. 이해할 수 없었다.

사람들은 우리 집을 보며 말했다. 화목한 가정이라고. 아빠에게는 자상하다고 했다. 엄마에게는 얌전하다고 했다. 사는 동안 엄마와 아빠는 거의 싸우지도 않았다. 사촌들이 우리 집에 놀러 오면 그 점을 가장 부러워했다. 사촌들의 부모는 이틀에 한 번은 반드시 싸운다고 했다. 말싸움으로 끝날 때도 있지만 주먹이 오갈 때가 더 많다고. 사촌들의 엄마는 걸핏하면 병원으로 실려 갔다.

"같이 주먹을 휘둘러도 아무래도 아빠 주먹이 더 세니까."

"엄마한테 킥복싱이라도 배워서 아빠랑 레벨을 맞추라고 했어. 그랬더니 생각해보겠대."

"어느 세월에 엄마가 킥복싱을 배우겠냐. 차라리 검도가 낫지.

집에 있는 거 뭐라도 집어 들고 휘두르면 되니까."

흔히 들을 수 있는 사촌들의 대화였다.

사촌들의 아빠가 내 아빠가 아니어서, 내 아빠가 내 아빠여서 얼마나 다행이라고 생각했던가. 병원으로 실려 가는 엄마를 보지 않아도 되어서. 엄마의 격투 레벨을 올리기 위해 고민하지 않아도 되어서. 그런데 아빠가 결혼한다고 선언한 그날 저녁 나는 문득 한 가지 사실을 깨달았다.

아빠는 언제나 엄마에게 친절했다. 그러나 아빠는 동네 아주머니들에게도 친절했고, 내 친구들에게도 친절했고, 동네 노인들이나 꼬마애들, 심지어는 서울역에서 우리 가족에게 시비를 걸어온 부랑자들에게도 친절했다. 다른 사람의 신고를 받고 출동한 경찰들에게 아빠는 부랑자들의 선처를 부탁했고, 부랑자들에게는 경찰들 모르게 돈까지 쥐여주었다. 나는 아빠가 누군가를 친절하지 않게 대하는 경우를 한 번도 본 적이 없었다.

아빠는 이 세상 모든 사람들에게 친절했다.

아빠는 정말 엄마를 사랑했을까.

아빠에게 엄마는, 아빠가 친절을 베푸는 이 세상 모든 사람들 중 한 명에 지나지 않은 건 아니었을까.

아빠의 자상한 모습 때문에 엄마를 사랑한다고 내가 멋대로 착각한 것은 아니었을까.

"왜 약속 안 지켰어?"

그날 저녁, 한참 만에야 내가 물었다. 내가 입 다물고 있는 동안 아빠는 내 눈치를 보며 안절부절못했다. 마치 내 허락이 떨어지기를 기다리고 있다는 듯.

"뭘?"

"홈시어터. 엄마한테 더 좋은 걸로 사준다고 했잖아."

"아, 깜빡했네. 그 뒤로 아무 얘기가 없어서 그만……"

"밤마다 소리도 안 나오는 영화를 봤는데……"

"누가? 네가? 네 엄마가?"

"엄마."

"그랬어? 정말이야? 홈시어터 고장 나고 영화에 흥미를 잃은 줄 알았는데…… 미안하다. 알았으면 금방 새로 사줬을 텐데."

나는 입을 다물었다. 아빠가 그걸 몰랐다는 게 더 충격이었다. 3년 동안 거의 매일 밤마다, 엄마가 소리도 나오지 않는 영화를 봤는데도 아빠는 모르고 있었다. 아빠는 정말 엄마를 사랑한 게 맞을까?

"한 번만 봐주라, 응?"

아빠가 말했다. 나는 대답하지 않았다.

"내가 잘못했다. 그러니 한 번만, 응?"

"난 아빠 결혼 싫어! 반대야!"

내내 아무 말 없이 멀뚱멀뚱 아빠와 나만 번갈아 쳐다보던 동생이 자리에서 벌떡 일어나며 소리쳤다. 그러고는 아빠 모르게 나 잘했지, 하는 듯 한쪽 눈을 찡긋해 보였다.

"난 아빠 결혼 싫다고! 무조건 반대야!"

동생은 한 번 더 소리치더니 그대로 밖으로 달려 나갔다. 난감해하는 아빠를 보니 마음이 조금 누그러졌다. 그때만큼 동생이 든든하게 느껴진 적이 없었다. 천군만마라도 얻은 듯 힘이 났다. 그러나 동생과 나의 연합 공격은 실패했고, 이해해달라던 아빠는, 난 결코 이해한 적이 없는데도, 기어이 한 달 뒤에 결혼했다.

동생은, 아홉 살이나 됐으면서 철이 들기는커녕 한없이 가볍고 단순하기 짝이 없는 동생은, 아빠가 결혼하고 새 여자가 우리 집에 들어온 지 3일 만에, 고작 3일 만에(어떻게 그럴 수가 있지?) 그 여자를 '엄마'라고 부르기 시작했다. 아빠가 슬쩍 운을 떼긴 했어도 그건 어디까지나 아빠의 희망 사항을 내비친 것일 뿐 결코 우리에게 강요한 적이 없는데도 불구하고. 저 스스로. 그때 내가 느낀 배신감은 하늘에 가닿고 바다를 뒤덮을 정도라서 차마 입에 올리지 못하겠다. 그래도 딱 한마디만 한다.

박쥐 같은 새끼. 아니, 박쥐보다 더한 새끼.

*

"양동이, 배달 좀 갔다 와라."

마침 가게로 들어서는데 할머니가 말했다. 그러자 몇몇 테이블에서 킥킥거리는 소리가 들렸다.

"내가 왜 양동이야!"

"내가 양동이라고 불렀냐? 실수, 실수. 한동이, 배달 좀 갔다

와."

킥킥거리던 소리가 아예 폭소로 바뀌었다. 다른 반 남자애들이었다.

"한동이라고도 부르지 마."

"네 이름이 한동인데 그럼 뭐라고 불러?"

"그냥 동이라고 해. 성은 붙이지 말고."

"왜?"

"몰라서 물어?"

나는 왜 하필 한동이인 걸까. 할머니는 왜 하필 가게를 하고, 나는 또 왜 하필 그 가게에 얹혀살고 있으며, 이곳의 단골 대부분은 우리 학교 애들인 걸까. 내가 가게에 있을 때면 아이들은 이렇게 주문했다.

"할머니, 여기 불난 집에 부채질 한 양동이 주세요."

(학교에서 내 별명이 한 양동이 또는 양동이였다.)

혹은,

"삶이 그대를 속일지라도 한 동이요."

그런 뒤엔 자기들끼리 머리를 맞대고 신나게 웃었다. 내가 노려보면 "너 말고 떡볶이 주문한 거야. 분량을 세는 단위, 동이. 맞잖아?" 하고 말했다. "그럼 1인분이라고 해!" 항변해봐도 소용없었다. "그건 내 맘이지. 난 1인분보다 순우리말 한 동이가 더 좋은걸." 논리 자체에는 잘못된 게 없어서 나는 더 따지지도 못했다. 그저 혼자 씩씩대다 가게를 나와버리곤 했다.

"애들이 장난 좀 치는 걸로 뭘 신경 쓰냐."

내가 싫어하는 걸 뻔히 알면서 양동이라고 부르거나, 나를 그 정도 장난도 못 받아들이는 속 좁은 인간으로 몰아가는 할머니가 더 기분 나빴다.

"할머니가 내 입장 돼봐. 지들이 뭔데 내 이름 갖고 장난치냐고!"

"아직 사춘기 안 지났냐?"

"이게 사춘기랑 무슨 상관이야? 할머니가 부당한 일을 당해서 화를 내는데 사람들이 노인네 히스테리라고 하면 기분 좋아?"

"알았다, 알았어. 내가 잘못했으니까 이거 미용실에 갖다주고 와."

"싫어."

"왜?"

"할머니한테 화가 났으니까."

"미안하다고 했잖아. 그런데 한동이 그거, 내 남편이 일주일 밤낮으로 고심해서 지은 이름이야. 세상에서 가장 소중하고 가치 있는 것을 담는 그릇이 되라는 뜻으로. 네가 이렇게 싫어할 줄 알았으면 이름 짓는다고 그 고생 하지 말고 그냥 편하게 죽으라고 할걸 그랬다."

"누가 이름이 싫대? 내 이름 갖고 놀리니까 그렇지."

할아버지는 병석에 누워서도 어린 자식들에게 물려줄 게 없다며 미래에 태어날 손주들의 이름을 지었다고 했다. 결국 돌아가시기 전까지 남자아이 이름 다섯 개, 여자아이 이름 다섯 개 해서 모두 열 개의 이름을 남겼고, 우리 사촌들은 태어난 순서대로 그 이름을 부여받았다. 첫번째로 태어난 남자아이는 첫번째로 지은 남자아이 이름을, 여자아이는 여자아이 이름을 받는 식으로. 그러니까 내가 세번째로 태어난 여자아이가 아니었다면 내 이름은 다른 이름이었을 것이다.

할아버지는 돌아가실 때 열 개의 이름밖에 남기지 못하는 것을 한탄하셨다는데, 오히려 세 개의 이름이 남았다. 남자아이 이름 하나, 그리고 여자아이 이름 둘. 영원히 누군가에게 부여하지 못할 이름들.

한발 물러설 수밖에 없었다. 할아버지 얘기가 나온다는 건 이제 그만 화해를 해야 한다는 뜻이었다. 30년도 더 전에 돌아가신 할아버지를 두고 싸울 수는 없으니까. 그런 내 약점을 잘 아는 할머니는 궁지에 몰려서 더 이상 빠져나갈 구멍이 없다 싶으면 항상 할아버지 얘기를 꺼냈다.

"너한테 관심이 있다는 거야. 남자애들은 지가 관심 없으면 놀리지도 않는다."

"그런 건 아닌 것 같은데?"

"맞아. 네가 남자애들을 몰라서 그래."

"미용실이면 돼?"

결국 나는 화해의 손을 내밀었다.

"오늘은 미용실뿐이야? 해장국집이랑 카페는? 두 번 일 시키지 말고."

특별히 배달 서비스까지 해주는 데는 딱 세 군데뿐으로 모두 할머니 절친들이 운영하는 곳이었다. 나이가 스무 살, 서른 살씩 차이 나는데도 할머니는 끝까지 그들을 절친이라고 우겼다. "친구 먹는 데 나이가 무슨 상관이냐." 이것이 할머니의 지론이었다. 할머니는 그들을 미용아, 해장아, 카페야, 하고 불렀다. 반면 할머니는 분식이가 아닌 그냥 할머니일 뿐이었다. 하긴 할머니가 분식아, 하고 불리는 것도 이상하긴 하다. 아니면 분식 언니? 분식 님?

"오늘은 거기만. 대신 냄비째 들고 가."

"나중에 딴말하기 없기야."

나는 떡볶이가 넘치도록 담긴 냄비를 두 손으로 받쳐 들고 가게를 나섰다. 걸어서 3분 거리에 미용실이 있었다. 방향은 달라도 해장국집과 카페도 비슷했다. 아무리 천천히 걸어도 5분을 넘지 않았다. 그러니까 내가 배달을 꺼리는 것은 몸이 힘들어서가 아니라 다른 이유 때문이었다. 미용실에도 해장국집에도 카페에도 늘 손님이 있기 마련이어서(비교적 한가한 시간에 배달을 시키긴 하지만) 그들은 떡볶이 냄새를 풍기며 비닐봉지나 냄비를 들고 들어서는 나를 호기심 어린 눈으로 쳐다보곤 했다. 나를 쳐다보는 낯선 사람들의 시선, 그것이 싫었다.

"동이 왔니?"

미용 아줌마가 말했다. 미용실에는 다행히 머리에 보자기를 뒤집어쓴 손님 하나뿐이었다.

"잠깐 앉았다 갈래?"

돈을 건네주며 아줌마가 말했다. 나는 어리둥절한 얼굴로 그냥 서 있었다.

"물어볼 게 있어서 그래. 잠깐만 앉아봐."

마지못해 앉았다.

"혹시 아영이라고 아니? 너랑 같은 2학년이고 3반인데."

"알긴 아는데, 잘은 몰라요."

나도 내 말이 애매하다는 건 알고 있었다. 그래도 그렇게 대답할 수밖에 없었다. 아영이 얘기는 다른 아이들을 통해 들었다. 아영이와 같은 반이 되거나 얘기를 나눠본 적은 한 번도 없었다.

"그렇구나. 아영이는 학교에서 어떻니?"

말을 안 해요, 그래서 아이들한테 놀림받고 바이러스 취급당해요, 라고 차마 사실대로 얘기할 수는 없었다. 의리니 우정이니 강조할 생각도 없지만 고자질쟁이가 되고 싶지도 않았다. 나는 잘 모른다고 대답했다. 그러자 미용 아줌마가 한숨을 푹푹 쉬었다. 떡볶이는 바깥 공기 한번 쐬지 못하고 비닐 랩 아래에서 굳어가고 있었다.

"실은…… 아영이가 말을 안 한다. 벌써 한 1년 됐나. 병원에도 데려가보고 상담도 받게 하고 별짓을 다 해봐도 소용이 없어. 학교에서도 그런다던데…… 선생님도 걱정 많이 하시고. 이유라도 알면 이렇게까지 답답하지는 않을 텐데……"

처음엔 아영이를 혼내던 선생님들도 언젠가부터는 포기했다고 들었다. 번호순이나 자리순으로 질문을 하다가도 아영이 차례가 되면 다음 사람으로 건너뛴다고.

“혹시 아영이 친구는 있니?”

계속 모른다고만 할 수는 없어서 이건 사실대로 대답했다.

“그건 잘 모르겠고 암튼 누구랑 얘기하거나 같이 있는 걸 본 적은 없어요.”

“미안하다, 이런 거 물어봐서. 사실 누구한테 물어봐야 할지도 모르겠고, 속은 썩어들어 가고, 그래서 할머니한테 너 좀 보내달라고 부탁했다. 넌 학교에서 인기도 많고 친구도 많다며?”

“할머니가 뻥쳤네요. 전혀요.”

“우리 아영이가 너 반의반만 닮아도 소원이 없겠다. 넌 붙임성도 좋고 어른들한테도 사랑받고.”

“네? 붙임성이요? 아닌데요.”

“네 할머니는 얼마나 좋을까. 이렇게 예쁘고 착한 손녀를 둬서.”

“저 하나도 안 착해요.”

왜 이러는지 도무지 알 수가 없었다. 누가 봐도 아닌 게 뻔한데, 입에 발린 칭찬이 민망하고 오글거려서 계속 앉아 있기가 힘들었다.

“부탁이 하나 있어. 우리 아영이한테 좀 물어봐줘. 왜 말을 안 하는지. 이유라도 알아야지, 안 그러면 내가 말라 죽을 것 같아. 이럴 땐 가족이나 어른들보다 또래 친구가 낫다더라. 마음을 더 쉽게 연대. 제발 부탁이다, 동이야. 내가 이렇게 사정할게.”

어쩐지, 모른다는데도 끈질기게 물어보고 아니라는데도 못 들은 척 끝까지 치켜세운다 했더니, 핵심은 이거였다.

아영이에게 접근해 속마음을 알아내라.

그리고 나를 이 함정에 빠뜨린 사람은 다른 누구도 아닌, 바로 내 할머니였다.

그날 저녁 나는 히스테리의 화신이 되어서 할머니에게 온갖 저주를 다 퍼부었다. 내가 그러거나 말거나 할머니는 콧노래까지 흥얼거리며 나를 못 본 척, 내 저주를 못 들은 척했다. 미용실에 보낸 것보다 그게 더 얄미웠다. 일부러 더 기분 좋은 척, 아무렇지 않은 척하는 할머니가.

바짝 약이 오른 나는 마지막 힘을 모은 뒤 회심의 일격을 날렸다. 할머니의 급소, 할머니의 약점.

"손녀 팔아서 절친 관계 유지하니까 좋아? 그래 봤자 소용없어. 난 아무것도 안 할 거니까. 할머니 이제 큰일 났다. 절친 하나 떨어져 나가게 생겼네. 우리 할머니 불쌍해서 어떡하지?"

● 눈에 띄고 싶지 않아

"김아영! 너 김아영 맞지?"

3반 교실과 가까운 현관 앞에서 지키고 서 있다 하교하는 아영이를 불렀다. 아영이는 나를 돌아보는 듯했으나 마치 아무 소리도 못 들었다는 듯 그대로 가버렸다.

"어이, 김아영!"

다음 날 역시 아영이는 흠칫 놀라 돌아보는 듯했으나 그뿐, 고개를 숙인 채 빠른 걸음으로 나를 지나쳤다.

"야! 김아영! 사람이 부르는데 최소한 쳐다는 봐라."

3일째 되는 날, 마침내 아영이가 정면으로 나를 쳐다보았다.

"난 1반 한동이야."

잠시 말간 눈으로 나를 건너다보던 아영이는 역시나 고개를 푹 숙이더니 제 갈 길로 가버렸다. 아아, 빌어먹을. 젠장. C발. 조-ㄴ-나. 내 입에서는 세상의 온갖 욕이란 욕은 다 튀어나왔다. 할머니만 아니었으면 진작 다 때려치웠다. 아니, 시작도 안 했다. 내가 이렇게까지 구질구질하게 아영이에게 매달리는 것은 다 할머니 때문이었다.

정작 미용 아줌마는 그날 이후 아무 말이 없는데 오히려 할머니가 더 극성스럽게 닦달해댔다.

"오늘은 말 시켜봤냐?"

"아니."

"오늘은?"

"나 바빠."

"오늘도 알은척 안 했어?"

"내가 왜!"

"아직도 그대로냐? 이러다 해 넘기겠다."

해 넘기기 전에 내가 먼저 숨넘어갈 지경이었다. 할머니는 내가 학교에서 돌아오기만 하면 묻고, 또 물었다.

"내 일에 이렇게 좀 신경 써봐."

왜 그러는지 알면서도 서운한 건 어쩔 수 없었다.

"왜, 너도 문제 있냐?"

"몰라!"

할머니가 정말 몰라서 묻는 건지, 모르는 척하는 건지 알 수가 없었다.

　며칠이 지나도 할머니가 포기하지 않아서 결국 내가 포기했다. 내가 졌다. 다음 날부터 나는 3반과 제일 가까운 현관 앞에서 아영이를 기다리기 시작했다. 그리고 4일째 되는 날.

　"야, 김아영! 오늘은 무조건 나 좀 보자."

　아영이는 나를 보자마자 아니나 다를까 또 도망치기 시작했다. 뭐 짐작했던 일이라 이젠 놀랍지도 않았다. 자존심이고 뭐고 다 버리고 아영이를 뒤쫓았다.

　"말하기 싫으면 안 해도 되니까 듣기라도 해라. 듣기 싫어도 들어. 난 뭐 좋아서 이러는 줄 아냐? 나도 싫은데 어쩔 수 없이 이러는 거다. 그러니까 너도 싫어도 들어. 그래야 공평하지. 아니면 내가 너무 억울하니까."

　아영이의 걸음이 조금 느려졌다.

　"내가 요즘 너 때문에 아주 미칠 지경이다. 우리 할머니한테 시달려서 내가 먼저 죽을 것 같다고. 니네 엄마랑 우리 할머니가 일명 절친이랍신다. 혹시 알고 있냐? 네가 알든 모르든 그게 중요한 건 아니고. 네가 왜 말을 안 하는지 그 이유가 궁금하단다, 니네 엄마가. 나보고 알아내래. 의사도 못 하고 선생도 못 하는 걸 내가 무슨 수로 알아내냐고. 너도 봐, 나 개무시하잖아. 그런데도 우리 할머니는 나만 잡는다. 내가 할머니랑 사는 건 알지? 모르면 이 기회에 알아둬라. 우리 할머니는 절친인 니네 엄마를 못 도와줘서 아주 안달이 났다. 나 매일 할머니한테 맞는다. 등짝도 맞고 머리도 맞고, 그거 하나 못 알아내냐고 욕도 먹고."

과장 좀 했다. 일종의 충격 요법. 아영이가 걸음을 멈추더니 나를 쳐다보았다. 그러나 곧 다시 걷기 시작했다. 이번엔 현저히 느려진 속도로.

"정말 이유 말 안 할 거야? 그래, 네 맘대로 해라. 대신 너도 매일 나한테 시달려라. 그래도 나보단 낫다. 최소한 맞지는 않으니까."

떠들면서 걷다 보니 어느새 옆 동네 초등학교까지 와 있었다. 아영이가 망설임 없이 학교 안으로 들어갔다. 나는 그만 집으로 갈까 하다 그냥 아영이 뒤를 따랐다. 집에 가봤자 딱히 할 일도 없었다. 아영이가 그네에 앉아서 나도 옆 그네에 앉아 또 조잘조잘 떠들었다.

"그런데 사람들 참 이상해. 말 좀 안 하는 게 무슨 큰 문제라고 호들갑들인지. 아주 난리들이야. 말 안 하고 싶을 때도 있는 거지. 뭐 자기들은 그럴 때 없나? 귀찮아서 안 할 수도 있고, 그냥 싫어서 안 할 수도 있고."

나는 발을 굴러 그네를 움직였다. 내가 무거운지 그네가 삐걱거리는 소리를 냈다.

"너도 말하기 싫을 때 있었어?"

"아, 나? 아……"

나는 당황해서 말을 잇지 못했다. 아영이가 입을 열었다. 아영이가 입을 열어 말을 했다. 너무 뜻밖이라 순간 멍해져서 아영이 얼굴만 쳐다보았다.

"엄마가 네 얘기 하더라. 대충 알고는 있었어. 네가 왜 그러는
지. 그렇게까지 괴롭힘당하는 줄은 몰랐지만."

"뭐라셨는데?"

"친구로 좋을 것 같다고."

"네 생각은 어떤데?"

"글쎄……"

"됐다. 벌써 대답 다 됐다. 대체 넌 뭘 믿고 그리 솔직하냐?"

"너만큼은 아닌 것 같은데?"

"내가 뭘?"

"싫은데 어쩔 수 없이 말 거는 거라며? 그런데 난 네가 솔직하
게 얘기해줘서 오히려 고마웠어. 걱정하는 척, 위하는 척 하도 많
이 봐서 신물이 날 지경이었거든. 사실은 자기들 호기심이 더 컸
으면서. 그런 면에서 넌 좀 신선했다고 할까."

"내가 뭐 달걀이냐."

별 재밌는 농담도 아닌데 아영이가 소리 내어 웃었다. 들릴 듯
말 듯하긴 했지만.

"이제 말하기로 한 거야?"

내가 물었다.

"글쎄, 내키면 하고 아니면 말고."

"세상 참 편하게 산다."

나는 다시 발을 굴러 그네를 움직였다.

"이유도 말할 거야?"

"말 안 하면?"

"주리를 틀어서라도 알아내야지. 그게 내 목적이니까."

"눈에 띄고 싶지 않았어."

"응? 뭐라고?"

"사람들 눈에 띄고 싶지 않았다고."

"그게 이유야?"

"응. 너무 단순한가?"

"그러게. 많이 단순하긴 하네. 그런데 너 그거 아냐? 말을 안 하는 게 더 눈에 띈다는 거."

"그런가……"

"그래. 그래서 나도 너 알게 됐잖아. 학교에서 너 모르는 애 없을걸? 소문 다 났어."

"나만 몰랐네…… 그저 숨고 싶었을 뿐인데. 그래도 하나 편해진 건 있어. 어른들의 관심이 오로지 내가 왜 말을 안 하는지에만 쏠려서 다른 건 신경도 안 쓴다는 거."

"너 대단한 집 자식이냐? 어른들이 너한테 그렇게 관심이 많아?"

"인형이었지. 살아 있는 사람이 아니라."

"그 정도로 예쁘진 않은데?"

그러자 아영이가 두번째로 소리 내어 웃었다. 여전히 들릴 듯 말 듯하게.

*

"난 늘 낯선 어른들의 시선에 노출되어 있었어."

아영이가 어른들의 관심을 받은 것은 대단한 집 자식이어서가 아니었다. 오히려 그 반대였다. 아영이 엄마는 아영이가 태어나기 전부터 미용실에서 일했다. 아영이가 태어났고, 아영이 엄마는 고민에 빠졌다. 갓난아기인 아영이를 맡길 사람이 없었다. 베이비시터를 쓰기에는 집안 사정이 넉넉지 않았다. 할 수 없이 다니던 미용실을 그만두고 빚을 얻어 동네의 다른 미용실을 인수했다. 그러곤 아영이를 데리고 출근했다. 아영이 엄마가 손님들의 머리를 자르고 파마를 마는 동안 아영이는 소파 위에 누워 있었다. 조금 더 커서는 미용실 안을 아장아장 걸어서 돌아다녔다.

"항상 사람들이 있었어. 머리를 자르러 온 사람도 있었지만 그냥 놀러 온 사람들이 더 많았어."

미용실은 동네 아주머니들의 사랑방 역할을 했다. 모여서 음식도 시켜 먹고, 수다도 떨고, 시어머니나 남편 흉을 보며 스트레스도 풀었다. 그러나 그들의 관심사 중 단연 으뜸은 아영이었다. 어른들 사이에 작고 예쁘장한 여자아이가 끼어 있으니 아마 당연한 일이었을 것이다. 그들은 아영이의 머리를 쓰다듬고 볼을 만지고 껴안고 말을 시켰다.

"난 그게 싫었어. 난 그냥 조용히…… 혼자 있고 싶었어."

42

아영이의 바람은 이루어지지 않았다. 아영이 엄마는 절대로 아영이를 혼자 두지 않았다. 위험하다고 했다. 유치원에 다닐 때도, 초등학교에 입학해서도 아영이는 수업을 마치면 곧장 미용실로 가야 했다. 엄마의 엄명이었다.

"중학교에 입학하고 내가 두세 군데씩 학원에 다닌 건 다 그 때문이야. 미용실에 가기 싫어서. 학원에선 아무도 나한테 관심이 없으니까. 수업 빠지고 빈 교실이나 옥상에 올라가 있곤 했어."

"그럼 다 해결됐네. 뭐가 문제야?"

내가 말했다. 그러자 아영이가 쓸쓸하게 웃었다.

"나도 그런 줄 알았지."

중학교에 입학한 지 한 달쯤 지났을 때 아영이 엄마가 아영이를 불러 물었다.

"너 오늘 영어 수업 빠지고 어디 갔었어? 어제는 수학 수업 빠졌다며? 원장 선생님이 너 얼마나 걱정하는 줄 아니?"

아영이가 다니는 학원의 원장 선생은 미용실의 오랜 단골이었다.

이틀 뒤 퇴근해서 돌아온 아영이 엄마가 아영이에게 말했다.

"너 오늘 동네 어른들한테 인사 안 하고 그냥 지나갔다며?"

그런 식이었다. 아영이는 밤마다 잔소리를 들어야 했다.

"너 오늘 신발 구겨 신었어? 버릇없어 보이게 그게 뭐니?"

"단추는 다 잠그고 다녀야지. 여자애가 칠칠맞지 못하게…… 사람들이 흉보잖아."

"고개 좀 들고 걸어 다녀. 땅바닥에 돈 떨어졌어? 얼굴도 좀 펴고. 너 뭐 불만 있니? 왜 맨날 우울한 얼굴로 다니는 거야?"

아영이는 스물네 시간 감시당하고 있었다. 아영이는 아영이 엄마의 딸일 뿐 아니라 동네 아주머니들 모두의 딸이었다. 갓난아기 때부터 봐와서인지 그들은 아영이에게 엄마 노릇을 하려 들었다.

"엄마가 여러 명이라고 생각해봐. 그것도 사사건건 잔소리하는 엄마가."

"상상도 하기 싫어."

그뿐만이 아니었다. 옷차림, 얼굴 표정, 걷는 자세에서 그치지 않고 그들은 아영이 인생에까지 개입하려 들었다.

"내 진로나 미래를 그 사람들이 다 결정해. 앞으로 내가 해야 할 공부, 다녀야 할 학원, 가져야 할 취미나 직업, 만나야 할 결혼 상대자까지. 하도 많이 들어서 난 내가 뭘 하고 싶고 뭘 하기 싫은지도 잘 모르겠어. 어쩌다 하고 싶은 게 생겨도 이게 순수한 내 생각인가? 내 의지가 맞나? 의심부터 들어."

"엄마한텐 얘기해봤어? 솔직하게 말하지. 다른 사람들이 참견하는 거 싫다고."

"당연히 얘기했지. 그런데 엄마가 뭐라는 줄 아니?"

아영이 엄마가 말했다.

"다 너 걱정해서 하는 소리잖아. 그게 왜 싫어? 고마워해도 모자랄 판에."

나는 한숨을 쉬었다. 나도 그 비슷한 소리를 들은 적이 있었다. 아빠의 결혼식이 일주일 앞으로 다가왔을 때 큰아버지가 우리 집으로 왔다. 걸핏하면 아내를 병원으로 실려 가게 만드는 그 남편 말이다. 아이들에게 엄마의 격투 레벨을 올리기 위해 고민하게 만드는 그 아빠 말이다. 큰아버지가 나와 동생을 불러 앉혀놓고 말했다.

"너희들 나이 땐 엄마가 필요하다. 다 너희들 생각해서 하는 건데 아빠 결혼이 왜 싫어? 지금까지 고생해서 곱게 키워줬더니 은혜도 모르고 싫네 좋네 하고 있는 거냐."

"정말 지긋지긋해."

아영이가 말했다. 나는 격하게 고개를 끄덕였다.

"완전 이해해. 나였으면 아마 그 아줌마들한테 막 대들었을 거야."

"나 이제 어떻게 해야 되지?"

"하고 싶은 대로 해. 말 안 한 뒤로 다른 건 신경도 안 쓴다며? 내가 생각해도 사사건건 참견당하는 것보다는 왜 말을 안 할까, 하나에 집중하게 하는 것도 뭐 나쁘진 않은 것 같아."

"그럼 네가 곤란해지잖아."

아하, 할머니……

"내 임무는 널 말하게 하는 게 아냐. 이유를 알아내는 거지."

"아……"

"니네 엄마한테 이유 말해도 되지?"

"응, 그렇게 해. 근데 너 정말 할머니한테 맞고 살아? 이번엔 어떻게 해결했다 쳐도 다음에 또 그러면? 경찰이나 학교에 신고해야 하는 거 아냐?"

"응, 아냐. 거짓말이야."

나는 이튿날 미용실로 찾아가서 말했다. 기회를 엿보다 아주머니들로 북적거릴 때를 노렸다는 건 할머니에겐 비밀이다.

"저 알아냈어요. 아영이가 그러데요. 자기한테 관심 좀 꺼달라고. 그러면 말하지 말래도 말한다고. 온 동네 아주머니들이 다 사사건건 참견한다면서요? 단추 좀 풀고 신발 좀 구겨 신는 게 뭐 그리 대수라고 호들갑들이세요? 그게 범죄도 아니고, 단순히 단추고 신발일 뿐인데. 잔소리들 좀 그만하세요. 아, 그리고 아영이 미래나 직업 같은 것도 맘대로 다 결정해놓고 시키는 대로 하라고 강요한다던데 진짜예요? 요즘은 자기 부모도 안 그래요. 하라는 대로 고분고분 따르는 자식도 없지만. 지긋지긋하다고 했나? 아무튼 그거 되게 싫었대요. 그러니까 그냥 냅둬버리세요. 자기 일은 자기가 알아서 하게."

미용실 안의 사람들이 다 들을 수 있도록 내 목소리는 충분히 컸다. 시끌벅적하던 미용실이 내가 등장함과 동시에 쥐 죽은 듯 고요해졌다. 내가 말을 마친 뒤에도, 미용실을 나온 뒤에도 누구도 섣불리 입을 열지 못했다.

그날 밤, 나는 할머니에게 결과를 보고했다. 물론 미용실로 쳐들어간 얘기는 쏙 빼고. 내 말을 다 듣고 난 할머니가 쯧쯧, 하고 혀를 찼다.

"아무튼 오지랖 넓은 여편네들이 문제야. 지들 자식이나 신경 쓸 것이지 왜 남의 자식한테까지 이래라저래라 참견인지 원. 그 어린 게 얼마나 시달렸으면 말문을 다 닫았을꼬. 그래, 미용이는 뭐라디?"

"뭐 별말씀 안 하시던데……"

나는 대답을 얼버무렸다. 그 상황에서 미용실 아줌마가 무슨 말을 할 수 있었을까.

"충격받았나 보다. 안 그래 보여도 미용이가 사람 좋고 마음이 여려서 여편네들 참견을 무시 못 했을 거야. 넌 떠들어라 난 내 갈 길 간다 이래야 되는데. 지금쯤 지 잘못이라고 자책하고 있지나 않을지 원."

누가 절친 아니랄까 봐 역시 할머니는 아영이보다는 미용실 아줌마를 더 걱정했다. 하긴 애초에 나를 미용실로 보낸 게 아줌마 때문이긴 하지만.

"너도 고생했다. 뭐 먹고 싶으냐?"

할머니가 물었다. 혹시나 하며 기다리던 순간이었다. 나는 얼른 말했다.

"먹을 거 말고 새 휴대전화 사줘."

"아이고, 오늘따라 왜 이리 피곤하냐. 난 잠이나 자야겠다. 넌 안 자냐?"

그러고는 보란 듯이 하품을 하더니 방으로 들어가버렸다. 쳇, 누가 구두쇠 할머니 아니랄까 봐.

＊

아영이는 11개월 23일 만에 침묵 시위를 끝냈다. 내게 그간의
사정을 털어놓은 지 5일 만이었다. 물론 나 때문에 침묵을 끝내
기로 한 건 아니었다. 굳이 따지자면 15년 동안 엄마 노릇을 했던
동네 아주머니들 덕분이었다.

혹시 후폭풍이 있지 않을까 걱정했는데, 오히려 동네 아주머니
들이 아영이를 피해 다녔다.

"내가 보이면 슬금슬금 뒷걸음질 치다 옆 가게로 들어가거나
다른 골목으로 돌아서 가더라."

아영이가 말했다. 영문을 모르는 아영이는 고개를 갸웃거렸지만
나는 그 이유를 짐작할 수 있을 것 같았다. 부딪치고 싶지 않은 것
이다. 미용실에서 화기애애 떠들다 별안간 오물을 뒤집어쓴 그 순
간을 얼른 잊고 싶은 것이다(아영이를 보면 어쩔 수 없이 떠오를 테
니까). 그리고 그 같은 모욕을 두 번 다시 겪고 싶지 않은 것이다.
똥은 무서워서 피하는 게 아니다. 내가 그들에게 똥을 투척했고,
아영이는 언제 또다시 똥으로 변할지 모르는 그 무엇이었다.

"엄마는 뭐라셔? 혹시 내 얘기 하셨어?"

내가 물었다.

"아니. 아무 말도."

"내가 미용실 찾아갔던 날 얘기 안 하셔?"

"응. 그날 얘기는 한 번도 안 했어. 네 얘기도 아줌마들 얘기도. 아마 내게 많이 섭섭한가 봐. 좀 우울해 보이기도 하고……"

"어쨌든 엄마 바람대로 됐는데 기뻐하기는 하시지?"

"잘 모르겠어. 내가 말을 하니까 이제 엄마가 말을 잘 안 하네. 그냥 밥 먹어라, 학교 잘 갔다 와라, 이런 얘기만 해."

"시간 좀 지나면 괜찮아지실 거야."

나는 애써 위로했다. 미처 생각 못 했지만, 아영이 엄마의 입장이 곤란해졌을 것 같기도 했다. 하지만 그 정도 충격 요법이 아니었다면 아영이는 아마 영원히 귀 얇은 진짜 엄마와 잔소리를 쏟아 내는 가짜 엄마들의 굴레에서 벗어나지 못했을 것이다.

"나 좀 서운했다."

옆에서 우리 얘기를 듣고 있던 수민이가 말했다. 전날 저녁에 수민이는 내게 똑같은 말을 했다. 수업만 마치면 내가 바쁘다며 휑하니 가버리더라고, 그래서 서운했다고. 이것 역시 생각지 못한 부분이었다. 그제야 나는 사정을 설명했다.

"나 떼놓고 어딜 그리 가나 했더니."

"미안해. 다 나 때문이야. 우리 엄마가 부탁해서 동이도 어쩔 수 없었어."

아영이가 얼른 사과했다.

"들었어. 마음 넓은 내가 이해해야지."

수민이가 힘없이 웃었다. 요즘 수민이에게는 심각한 고민이 하나 생겼다. 잠꼬대하는 버릇이었다. 언제부터인지는 모르지만 그런 버릇이 있다는 걸 알게 된 건 최근이었다. 수민이 엄마의 말실수 때문이었다.

"어쩐지 이상하다 했어. 쪽지 시험도 그렇고 벌점 받은 것도 그렇고. 난 일기도 안 쓰고 분명히 얘기한 적도 없는데 엄마가 다 알고 있는 거야. 한밤중에 몰래 잠든 딸 방에 숨어들어서 이것저것 캐묻는다고 생각하니까 너무 끔찍하고 소름 끼쳐."

"그렇게 공부를 안 하니까 벌점이나 받지."

며칠 전 수민이 엄마가 말했다. 수민은 깜짝 놀랐다. 그 이틀 전인가 사흘 전에 영어 쪽지 시험을 봤고, 50점 미만인 애들은 점수에 맞춰 벌점을 받았던 것이다. 수민은 일단 아니라고 잡아뗐다. 그러자 엄마가 말했다.

"쪽지 시험 봤잖아. 왜 거짓말해. 40점도 점수냐? 내가 동네 창피해서 얼굴을 못 들고 다니겠다."

"내가 쪽지 시험 본 건 어떻게 알아? 40점은 또 어떻게 알고?"

수민이가 따져 물었다.

"니네 반 애한테 들었지."

"거짓말. 다들 자기 성적만 알지 남 건 몰라."

수민이는 처음에 담임 선생님을 의심했다. 혹시 엄마와 몰래 내통하고 있는 건 아닌가, 영어 선생님한테서 정보를 얻어 엄마에게 넘겨주는 건 아닌가.

"선생님이 얘기했어? 담임 선생님 맞지?"

일단 찔러봤다.

"아니라니까. 니네 반 애한테 우연히 들었어. 그 애도 우연히 네 성적 봤나 보지."

엄마가 끝까지 아니라고 우겨서 수민은 할 수 없이 물러섰다. 그랬는데 바로 어제 아침 수민이 엄마가 말했다.

"넌 친구가 동이밖에 없냐? 왜 개한테 구질구질하게 매달리고 그래. 공부를 못하면 친구라도 잘 사귀든가, 기왕에 싸우고 멀어졌으면 자존심이라도 챙기든가."

수민은 또 한 번 깜짝 놀랐다. 며칠 동안 내게 서운했다는 건 그 누구에게도 말한 적이 없었다. 심지어 나한테조차. 그런데 엄마가 알고 있었다. 싸우고 멀어졌다고 오해하기까지 했다.

"그것도 우리 반 애한테 들었어?"

수민이가 물었다.

"어…… 어. 이름이 잘 기억 안 나는데 아까 버스 정류장 앞에서 우연히 만났어. 너 학교에서 잘 지내냐니까 그 애가 싸운 얘기 하더라. 제 딴엔 걱정돼서 한 소리겠지."

그런 아이가 있을 리 없었다. 수민이는 나와 싸운 적도 멀어진 적도 없으니까. 단지 마음속에 서운한 감정을 품었다는 것뿐. 그러니까 수민의 마음속으로 들어갔다 나오지 않는 이상은 그렇게 말할 수 없다는 것이다.

"솔직하게 말해줘, 엄마. 어떻게 안 거야?"

"네 친구한테 들었다니까."

"거짓말이잖아. 동이랑 싸우고 멀어진 적이 없는데 누가 그렇게 말했다는 거야?"

"싸운 적이 없어?"

오히려 수민이 엄마가 의아해하며 되물었다.

"없어. 내가 동이랑 왜 싸워?"

"그럼 왜 너랑 안 놀아준다고 징징거리고 그러냐?"

"내가 언제?"

"어젯밤에. 아주 난리도 아니더만. 아무리 못난 자식이라도 내가 분하고 속이 상해서……"

"어젯밤에 내가 언제?"

순간 수민이 엄마는 입을 다물었다. 당황한 게 분명했다. 수민은 기회를 놓치지 않았다. 끈질기게 물고 늘어졌다. 엄마가 말을 할 때까지 학교도 가지 않고 식탁에서 꼼짝도 하지 않을 거라고 협박했다. 입을 꾹 다물고 버티던 수민이 엄마는 결국 사실대로 털어놓았다.

잠꼬대.

수민이 엄마는 밤마다 수민이 방에 들러 하루 동안 무슨 일이 있었는지 물어보았다. 그러면 수민은 엄마가 원하는 대로 술술 대답해주었다.

"와, 정말 대단하시다."

얘기를 다 듣고 난 아영이가 말했다.

"징그러워."

수민은 정색했다.

"그래서 앞으로 어떻게 할 건데?"

내가 물었다.

"그게 고민인 거지. 엄마는 다시는 안 그런다는데 믿을 수가 있어야지."

"방문 잠그면 안 되나?"

"엄마가 집 안 열쇠 다 가지고 있어."

"달라고 해."

"주기 전에 아마 복사해놓을걸? 차라리 밤에 잠을 자지 말까? 낮에 학교에서 짬짬이 자고."

"안 잘 수 있어? 너 별명이 뭐야?"

"잠순이. 음…… 생각해보니 그건 안 되겠다. 그럼 마스크 쓰고 잘까? 엄마가 마스크 벗기려고 하면 깨지 않을까?"

"난 네가 그 정도로 예민하다고 생각 안 하는데?"

"아…… 그렇지?"

"그럼 엄마한테 수면제를 먹일까? 엄마보다 늦게 자고 일찍 일어나기만 하면 다 해결되는데."

"처방전 없이 수면제 살 수 있으려나?"

"처방전 받으면 되지. 내가 먹는다 하고."

"잠깐 저……"

아영이가 조심스럽게 끼어들었다.

"얘기 중에 미안한데, 어쨌든 자는 동안 엄마가 방에 못 들어오게만 하면 되는 거잖아?"

"그렇지."

수민이와 내가 동시에 대답했다.

"그럼 자물쇠를 다는 건 어때? 자다 일어나서 화장실 갈 땐 조금 불편해도 마스크보다 확실할 것 같은데. 수면제는 위험할 수도 있고."

"오, 그거 좋은 방법이네."

내가 감탄했다. 그러나 수민이 얼굴은 어두웠다.

"엄마가 허락해줄까? 집에 못질하는 거 끔찍하게 싫어하거든. 아마 오빠 다음으로 아끼는 게 집일 거야."

우리는 한숨을 푹푹 쉬었다. 머리를 맞대고 고민해도 뾰족한 수가 생각나지 않았다. 시간만 흘렀다. 벌써 열 시야, 아영이가 걱정스러운 얼굴로 말했다.

"내일 다시 만나서 얘기하자."

수민이가 풀 죽은 얼굴로 그러자고 했다. 편의점 앞 계단에 앉아 있던 우리는 자리에서 일어나 엉덩이를 탁탁, 털었다. 그리고 각자의 집으로 돌아갔다.

*

그날 밤 집으로 들어서는 나를 보자마자 할머니가 쫓아오더니 내 팔을 잡고 식탁으로 끌고 가 앉혔다. 그러곤 물었다.

"너도 그 뭐 팅인가 뭔가 하냐?"

도대체 무슨 소린지 알 수가 없었다.

"섹…… 뭐라더라, 아무튼 팅 말이다. 휴대전화로 주고받는다며, 야한 사진 같은 거."

그걸 뭐라고 부르는지는 몰라도 무슨 얘기인지는 대충 짐작이 갔다.

"그거 물어보려고 안 자고 기다린 거야?"

"그럼 잠이 오냐? 그거 때문에 지금 난리가 났는데."

"누가?"

"동우 말이다."

동우는 큰아버지의 아들, 그러니까 사촌 오빠였다.

"넌 하냐, 안 하냐?"

할머니가 다시 다그쳐 물었다.

"안 해. 그딴 걸 왜 해?"

"진짜냐?"

"진짜지 그럼."

"휴, 다행이다."

"할머니는 날 뭐로 보고! 정말 실망이야."

"요즘 애들 사이에 그런 게 유행이라는데 내가 걱정이 되냐 안 되냐. 아비 버리고 집까지 나온 마당에 혹시 나쁜 물이라도 들었을까 봐 가슴이 철렁했다."

내가 집을 나온 뒤로 할머니는 언제나 나를 문제아 취급했다. 혹은 미래의 문제아. 그러니까 할머니는 나를 문제아 또는 잠정적 문제아로 보았다. 그나저나.

"동우 오빠 진짜야? 할머닌 어디서 들었어?"

"내일 네 큰아버지 집에 같이 가자."

내 물음에는 대답도 없이 할머니는 엉뚱한 소리를 했다.

"내가 왜?"

"이번 기회에 애들 다 모아놓고 교육 좀 시키려고 그런다. 니들도 몇 년 뒤에 동우처럼 그러지 말라는 법 있냐?"

"장사는?"

"지금 장사가 문제야?"

할머니는 강경했다. 그래도 나는 내키지 않았다. 내가 세상에서 가장 가기 싫어하는 곳이 바로 큰아버지 집이었다. 올해 설날에도 나는 아프다는 핑계를 대고 가족 모임에 빠졌다. 큰아버지가 엄청 서운해하시더라, 이건 아빠가 한 말이었고, 괘씸해하지 그럼, 이건 할머니가 전해준 말이었다.

"아무튼 난 가기 싫어."

"열 시에 출발할 거니까 준비해. 하룻밤 자고 올 거다."

할머니는 내 말에 콧방귀도 뀌지 않았다. 이렇게까지 세게 나온다면 나도 방법이 없었다. 더 뻗대다가는 쫓겨날 수도 있었다.

"동하도 와?"

"데리고 오라고 했다."

"그럼 그 여자도 오겠네?"

"그 여자가 뭐냐? 가족인데 당연히 와야지. 너도 새엄마 얼굴 한 번이라도 더 봐야 정이 붙는다."

절대 그럴 일 없을 거라고 대꾸하려다 말았다. 해봤자 잔소리만 듣겠지. 문제아 이미지만 더 굳어질 것이다. 지금도 보라. 동우 오빠와 나를 같은 부류로 취급하는 걸. 혹시 나도 사고를 치지 않았을까 안절부절못하는 걸. 아홉 시만 되면 곯아떨어지는 양반이 열 시가 넘어서까지 자지 않고 나를 기다린 걸. 나에 대한 할머니의 믿음은 아예 없거나 새털처럼 가벼운 것이 현실이었다. 피는 섞였어도 나는 동우 오빠와 다르단 말이에요!

큰아버지가 우리를 다 불러 모으는 것도 동우 오빠가 원인이었다. 동우 오빠는 고등학생이 되면서부터 수많은 사건 사고를 일으켰다. 무슨 사건만 터졌다 하면 그 중심에 동우 오빠가 있었다. 패싸움은 기본이고 걸핏하면 반 친구들을 패서 병원에 입원시켰다. 가장 최근에는 중간고사 때 반에서 공부를 가장 잘하는 아이에게 대리 시험을 시켰다가 들켜서 곤욕을 치렀다. 말하자면 답안지에 이름 바꿔 적기.

의심. 큰아버지의 마음속에는 의심이 자리 잡고 있었다. 우리가 동우 오빠처럼 될까 봐, 혹은 들키지만 않았을 뿐 이미 동우 오빠일까 봐.

"피는 물보다 진하다고 했다."

큰아버지가 자주 하는 말이었다. 이 속담을 큰아버지는 자신의 의심에 정당성을 부여하는 데 이용했다. 피는 핏줄, 물은 환경. 즉 자라온 환경이 달라도 핏줄이 같으니 우리도 동우 오빠처럼 문제 아가 될 확률이 높다는 뜻이었다. 이 속담이 어떻게 이런 식으로 해석될 수 있는지는 모르겠지만.

● 우리는 모두 잠재적 문제아?

큰아버지 집에 도착했지만 할머니와 나는 감히 집 안으로 들어서지 못하고 꿔다놓은 보릿자루처럼 현관 앞에 멍하니 서 있었다. 아버지와 아들이 한창 전쟁 중이었다. 총알 대신 주먹이 날아다니고, 포탄 대신 발길질이 터졌을 뿐 그 살벌함과 무시무시함은 여느 전쟁과 다를 바 없었다. 아니, 사실 나는 이 전쟁이 더 무서웠다. 진짜 총알이 날아다니는 전쟁은 텔레비전에서만 봐서 실감이 잘 나지 않았지만 이건 바로 내 눈앞에서 벌어지고 있었다. 한마디로 그 생생함과 현장감, 긴장감과 박진감이 만렙에 이르렀다는 말이다.

역도 선수처럼 기골이 장대한 큰아버지와 보통 키에 마른 체형이지만 오랫동안 싸움으로 단련된 동우 오빠의 전쟁은 오늘도 어김없이 큰아버지의 승리로 끝났다. 이마가 깨지고 온몸에 피멍이

든 동우 오빠가 한동안 큰아버지를 노려보고 서 있더니 갑자기 몸을 홱 돌려 집 밖으로 나가버렸다. 현관 앞에 서 있는 할머니한텐 인사도 없이.

동우 오빠는 언제쯤 큰아버지를 이길 수 있을까. 또래에 비해 월등한 싸움 실력은 큰아버지와의 혈투를 통해 길러진 것이 분명했다. 지금처럼 꾸준히 실전 경험을 쌓는다면, 스무 살? 스물다섯 살? 아니다. 동우 오빠가 강해지는 것보다 큰아버지가 노쇠해지기를 기다리는 게 더 빠를지도 모르겠다.

동우 오빠는 고등학생이 된 재작년부터 큰아버지에게 대들기 시작했다. 그리고 줄기차게 얻어맞았다. 그쯤 되면 포기하고 순응할 만도 한데 동우 오빠는 결코 포기하지 않았다. 질 걸 알면서 싸웠다. 정말 그 끈기 하나는 높이 사지 않을 수 없었다.

"엄마 왔어요?"

마침내 큰아버지가 할머니를 알아보고는 말했다.

"방금 왔어. 지금 막."

언제 왔냐고 물은 것도 아닌데 할머니가 그렇게 대답했다. 경우는 다르지만 도둑이 제 발 저린 격이었다. 우리가 도착한 지 5분은 넘었을 테니까. 큰아버지가 미안해할까 봐. 절대 그럴 사람이 아닌데도 할머니만 그걸 몰랐다.

할머니에게 큰아버지는 해준 것 없이 고생만 시켜서 늘 안타까운 아들이었다. 내게 큰아버지는 권위적이고 가부장적이고 폭력을 휘두르는 걸 서슴지 않는 폭군이었다.

"어려서부터 가장 노릇을 하느라 그래. 일찍 죽은 아비 대신 집안 건사하고 동생들 공부시키느라고. 그악스럽게 굴지 않았으면 그 시절 못 살아냈다. 우리 집안이 지금 이 정도로 사는 게 다 네 큰아버지 덕이다."

올해 초 할머니가 해준 얘기였다. 아버지와 고모도 다 큰아버지가 공부시켰다고 했다. 그것도 대학원까지. 그 얘기를 들은 뒤 나는 큰아버지를 아주 조금 덜 미워하기로 결심했다. 그래도 폭군은 폭군이었다. 과거야 어쨌든 폭력이 나쁜 건 사실이니까. 폭력만 휘두르지 않는다면 아주 조금 좋아해줄 수도 있을 텐데.

빗자루와 쓰레받기를 들고 한쪽 구석에 서서 대기하고 있던 큰어머니가 잽싸게 거실을 치우기 시작했다. 동주 언니도 그제야 방에서 나왔다. 할머니와 나는 깨진 조각들을 밟지 않기 위해 조심하며 안으로 들어갔다.

잠시 후 아빠와 고모네도 도착했다. 나는 '그 여자'에게 인사는 물론 눈길 한번 주지 않았는데, 때가 때인 만큼 아무도 눈치채지 못했다. 동우 오빠의 상황은 내가 생각했던 것보다 훨씬 심각했다. 퇴학을 당할지도 모른다고 했다.

"야한 사진 좀 봤다고 퇴학까지 시켜요? 그 나이 땐 원래 다 그러지 않나? 무슨 학교가 그래! 지금이 조선 시대야!"

고모가 흥분해서 소리쳤다. 그러자 고모네 두 아들(초등학교 6학년, 일란성 쌍둥이)이 겁먹은 표정으로 고모를 올려다보았다. 두 아들은 하루에도 몇 번씩 관리실에서 항의 전화를 받을 정도로 자기네들 집에선 뛰고 구르고 온갖 난리를 피우면서도 큰아버지 집에만 오면 극도로 얌전해졌다.

"혼자 보고 말았으면 그걸로 끝났을 텐데……"

큰어머니가 말끝을 흐렸다. 큰아버지는 천장을 쳐다보며 한숨을 쉬었다.

"반 아이들까지 다 돌려 봤대요. 주위 애들한테도 보내고. 그중 한 아이가 인터넷 사이트에 그 사진들을 올리는 바람에 문제가 커졌고요."

섹스팅이라고 부른다고 했다. 걸리지만 않았을 뿐 이번이 처음도 아니라고 했다. 그동안 동우 오빠는 SNS를 통해 알게 된 여자애들과 음란한 사진을 주고받으며 섹스팅을 해왔다고 했다.

"그럼 인터넷에 올린 놈이 더 나쁜 거 아닌가……"

고모가 자신 없는 목소리로 말했다.

"여자애 쪽 부모는 애초에 동우가 사진들을 퍼뜨리지만 않았어도 이 사달이 안 났을 거라고 보고 있어요. 고소하겠다는 걸 겨우 진정시켜놓기는 했는데……"

"학교가 문제다. 여자애 부모야 이런 일 크게 키워봤자 좋을 것도 없고. 어차피 지 자식 얼굴에 똥칠하는 격이니. 내 자식 잘못이 있어서 말리는 척은 했다만 냅뒀어도 고소는 못 했을 거다. 게다가 그쪽 잘못도 크지. 지 몸 찍어서 생판 모르는 남자한테 보내는 게 정상이겠냐."

"학교가 문제라니 그게 무슨 말이냐?"

대화들을 따라잡기 위해 열심히 이쪽저쪽 번갈아 살피던 할머니가 물었다.

"그동안 동우가 문제를 좀 많이 일으켰습니까. 선생들도 골치 아프니까 이번 기회에 퇴학시키려는 것 같아요. 전기 요금 누진세 같은 거라고 이해하면 됩니다. 그래도 그동안 여자 문제는 없어서 다행이라고 생각했는데 이놈의 새끼가 결국 대형 사고를 치네요. 호적에서 파버릴까 봐요."

마치 제가 잘못을 저지른 듯 고개 숙인 채 심각한 얼굴로 앉아 있던 동하가 내 옆구리를 쿡 찔렀다. 내가 힐끔 쳐다보자 바보처럼 배시시 웃더니 또 금방 심각한 얼굴로 돌아갔다. 아니, 심각한 척하는.

"선생을 만나보는 게 좋겠어요."

아빠가 말했다. 아빠는 두 팔로 다리를 감싼 채 거실 바닥에 앉아 있었다.

"이미 만나봤다. 씨알도 안 먹힌다."

"그냥 자퇴하고 검정고시 보는 건 어때?"

고모가 새로운 의견을 내놓았다. 하지만 누구도 선뜻 고개를 끄덕이지 않았다. 잠시 후 큰아버지가 말했다.

"혼자서 공부를 할 놈이었으면 학교에서도 했겠지."

"과외 선생 붙여주면 되잖아."

"괜찮으면 나라도 한번 선생을 만나볼게요. 앞으로 살 인생을 생각하면 그래도 고등학교는 끝까지 마치는 게 좋을 것 같아요."

아빠가 말했다. 예전부터 궁금했는데, 고모는 큰아버지에게 반말을 하는데 왜 아빠는 존대를 하는 걸까. 혹시 어릴 때 심하게 맞은 것은 아닐까. 큰아버지라면 충분히 가능성 있는 얘기였다. 집으로 돌아가자마자 할머니에게 물어보리라 다짐했다.

"뭐 만나서 나쁠 건 없다만, 그럴래?"

"내가 만나볼게요. 이쪽에서 조금이라도 더 정성을 보여야 마음을 바꾸는 데 도움이 되지 않겠어요? 동우 각서도 있으면 좋을 것 같아요."

"각서?"

"앞으로 다시는 문제를 일으키지 않겠다 뭐 그런 거요. 일단 동우가 의지를 보이는 게 중요하니까요."

그런 얘기들이 한참 더 오갔다. 앞으로 어떻게 할지 대충 가닥이 잡혔을 때는 점심시간이 훨씬 지난 뒤였다. 아이들은 배가 고파도, 가만히 앉아 있는 게 지겨워서 몸이 틀어질 지경이 되어도 누구 하나 징징거리지 않고 참아냈다. 후환이 두려워서였다. 어른들의 모임에 아이들까지 동석시키는 목적은 뻔했다. 공포 분위기를 조성해서 언제 발생할지 모르는 사건 사고를 미연에 방지하기. 그런 마당에 배가 고프다고, 지겹다고 징징거렸다가는 고통의 시간만 길어지고 잔소리만 바가지로 들어먹을 게 뻔했다. 아이들은 어른들이 생각하는 것보다 훨씬 눈치가 빨랐다.

마침내 토론이 끝났다. 큰어머니가 제일 먼저 자리에서 일어나 주방으로 갔다. 그 여자도 갔다. 할머니도 갔다. 고모는 피곤하다며 소파 위에 누웠다. 아빠는 텔레비전 앞으로 자리를 옮겼다. 나는 자리에서 일어났다.

"앉아라."

큰아버지가 근엄한 목소리로 말했다. 나는 앉았다.

"잘 들어라."

아이들이 모두 고개를 치켜들고 큰아버지를 쳐다보았다.

"동우도 니들 나이 땐 착했다. 사고도 안 치고 고분고분 말도 잘 들었다. 동혜도 그랬고."

아이들이 일제히 고개를 끄덕였다.

"고등학교가 문제다. 고등학교만 가면 문제를 만든다. 동주 넌 이제 몇 달 안 남았다."

동주 언니는 큰아버지의 막내딸로 올해 중학교 3학년이었다. 큰딸인 동혜 언니는 대학교 2학년.

"전 안 그럴 거예요."

동주 언니가 얼른 말했다. 겁에 질린 듯 동주 언니 얼굴이 파리해졌다.

"그건 너도 알 수 없다. 그래서 내가 있는 거다. 너희들을 틈날 때마다 교육시키는 이유다. 동이 넌 1년 조금 넘게 남았다. 특히 동이 너는 내가 주시하고 있다는 것만 알아라. 네 아버지가 하도 부탁해서 내버려두고 있지만 사고라도 한번 쳐봐, 당장 할머니 집에서 쫓아낼 테니까."

아빠였으면 분명 자리를 박차고 일어났을 것이다. 큰아버지여서, 큰어머니도 있고 할머니도 있고 고모도 다 있는 자리여서 차마 그러지 못했다. 박차고 일어나진 못했지만 속에선 화가 부글부글 끓어올랐다. 오히려 큰아버지 때문에 반항 세포가 더 쑥쑥 자라는 느낌이었다.

"부모님 말씀을 잘 들어라. 말대꾸하지 말고 대들지 마라. 함부로 반항하지 마라."

큰아버지의 교육은 이후로도 20분가량 더 이어졌다. 그 여자가 와서 점심 드세요,라고 말했을 때에야 비로소 끝이 났다. 큰아버지가 안방으로 가고, 그 여자가 내 어깨에 손을 올리려는 순간 나는 자리에서 벌떡 일어나 화장실로 갔다. 그리고 변기의 물을 내렸다. 변기 안 물이 커다란 소리를 내며 쓸려가고 또 차오르는 동안 나는 내가 알고 있는 욕이란 욕은 다 뱉었다. 그러지 않고서는 도저히 참을 수가 없었다.

고등학생만 돼봐라, 기필코 반항하고야 만다.

내가 중얼거렸다. 고등학교만 가면 문제를 만든다던 큰아버지의 말은 내게 '고등학생이 되면 누구나 반항하니까 너도 반항해도 된다'는 뜻으로 들렸다.

*

어른들은 거실에서 술을 마셨다. 점심 먹으며 반주로 시작한 게 그대로 술자리로 이어졌다. 동하와 고모네 쌍둥이 아들들은 그 기회를 놓치지 않고 동우 오빠 방에서 게임을 했다. 나는 동주 언니 방으로 갔다. 책을 읽고 있던 동주 언니가 나를 보더니 피식 웃었다. 왜 웃냐고 물으니까 너 화장실에서……, 했다.

"들렸어?"

"응."

"거실까지?"

"아니. 나 화장실 문 앞에 서 있었어."

그나마 다행이었다. 나는 가슴을 쓸어내렸다.

"말할 거야?"

"아니."

"고마워."

"재밌었어."

동주 언니가 또 피식거리며 웃었다.

"무슨 책 읽어?"

동주 언니가 제목을 보여주었다. 『혼자 잘 먹고 잘 사는 법』.

"그걸 왜 읽어?"

"필요해서."

"혼자 살 거야?"

물론 농담이었다. 그랬는데.

"응."

"정말? 언제?"

"고등학교 졸업하면."

"큰아버지가 허락 안 할걸?"

"그렇겠지."

동주 언니는 담담했다.

"그럼 어떻게 혼자 살 건데?"

"고등학교 졸업하면 성인이니까 아빠 허락 필요 없어."

"그건 그래도……"

다리를 부러뜨려놓을 것 같은데, 이 말은 생략했다.

"가능해. 돈만 있으면."

"돈이 없잖아."

"모으고 있어. 몇 년 전부터."

"얼마나 모았는데?"

기껏해야 몇십만 원일 거라고 생각했다. 금액은 단순한 호기심
에서 물어본 것뿐이었다.

"2천만 원 정도."

"뭐? 2……?"

"쉿."

나는 얼른 목소리를 낮췄다.

"2천만 원?"

"조금 넘어."

"어떻게 모은 거야, 그렇게 많이?"

"용돈. 용돈 말고도 상 같은 거 받아오면 아빠가 잘했다고 돈
주셔."

큰아버지가 아무리 돈을 잘 쓴다 해도(실제로 잘 썼다. 나와 동하에게도 자주 용돈을 주었다) 그렇게 큰돈을 모을 수 있을 거라고는 상상도 하지 못했다.

"난 독립할 거야. 완전한 독립. 그리고 엄마 아빠에게서 완벽하게 자유로워지는 거지. 내 목표는 고등학교 3년 동안 4천만 원을 더 모으는 거야. 대학 4년간 들어갈 학비. 생활비랑 교재비 같은 건 알바로 벌고."

"너무 많은 거 아냐? 힘들 거 같은데……"

"방법이 있어. 사실 지금도 가끔 써먹는 건데 내년부터는 본격적으로 시도할 거야."

"뭔데?"

"노트북이랑 휴대전화는 6개월에 한 번씩 고장 날 거야. 논술에 대비한 필독서는 수백 권에 이를 거고, 그중 상당수는 잃어버리거나 형편이 어려운 친구들한테 주게 될 거야. 나는 쑥쑥 자랄 거고, 그래서 옷이나 신발을 사는 간격이 턱없이 짧을 거야. 난 몸이 허약해서 수십 가지에 이르는 영양제를 섭취할 거고, 온갖 보양식들을 먹으러 다닐 거야. 엄마 아빠는 바쁘니까 친구들과 함께. 물론 나는 공부를 잘할 거고, 반에서 5등 안으로 들어갔다 밀려났다 하며 5등 선을 두고 치열한 접전을 펼칠 거야. 용돈은 지금보다 세 배로 오를 거고, 중학생과 고등학생은 급이 다르니까, 아빠가 임의로 내리는 격려금이나 상금 역시 마찬가지. 아빠는 내가 5등 안으로 들어가면 축하금을, 밀려나면 격려금이나 위로금 명목으로 상금을 내리게 될 거야."

"이걸 다 언니가 계획한 거야? 아오, 치밀하네. 완전 철저해."

"더 있는데 계속 얘기해줘?"

"아니. 그보다 들키면 어떡해? 노트북이나 휴대전화는 바로 걸릴 거 같은데. 옷이나 신발이야 종류가 많아서 모른다 쳐도."

"절대 그럴 일 없어. 스티커 하나만 바꿔 붙여도 전에 쓰던 건지 아닌지 몰라. 관심이 없거든. 두 분에게 중요한 건 결과뿐이야. 그리고 문제야 아니냐의 여부. 내가 순종적으로 구는 한 난 그 속에서 자유로워."

"아……"

동주 언니가 새삼 대단해 보였다. 껌 좀 씹고 침 좀 뱉었다는 동혜 언니도 아직까지 이루지 못한 걸 동주 언니는 그 얌전한 얼굴을 하고선 벌써 몇 년 전부터 준비하고 있었다. 철저하게. 소리 없이. 조용히. 아무도 모르게.

"모범생이 이러니까 적응 안 돼. 뭔가 좀 이상해."

"하고 싶은 거 하려고 모범생이 된 거야. 좀 전에도 말했지만 자유롭고 싶어서. 피곤해지기 싫어서."

정말 무서운 사람은 동혜 언니나 동우 오빠가 아니라 동주 언니라는 생각이 들었다. 큰아버지는 동주 언니가 이런 생각을 갖고 있을 거라고는 꿈에도 생각 못 할 것이다. 그저 착한 딸, 말 잘 듣고 공부 잘하는 딸일 뿐이었는데…… 몇 년 뒤 큰아버지는 제대로 뒤통수를 얻어맞겠구나……

"독립하면 뭐 할 거야?"

"그냥 학교 다니고, 알바 끝나면 집에 오고. 집에 오면 밥을 먹거나 씻고 자겠지."

"그거뿐이야?"

"응."

"특별한 것도 없네 뭐. 그럼 뭐하러 독립해?"

"조용히 살고 싶어서. 악쓰는 사람도 없고 큰 소리로 말하는 사람도 없는 곳에서. 그냥 조용히."

"나중에 놀러 가도 돼?"

"그때 넌 고등학생이겠네."

내 물음엔 대답을 않고 동주 언니가 엉뚱한 소리를 했다. 고등학생이겠네,라는 건 큰 소리로 말하는 사람이 돼 있겠네,라는 뜻인가.

"언니 집에선 조용조용 말할게."

내가 약속했다. 그러자 동주 언니가 피식 웃었다. 화장실 욕설을 떠올리는 게 분명했다.

"그때도 조용조용 욕했잖아. 난 큰 소리는 안 내."

내가 말했다. 그러자 또 동주 언니가 피식 웃었다.

저녁을 먹은 뒤 아빠와 고모가 집에 가겠다며 일어섰다. 자고 올 거라던 할머니도 마지못해 일어났다. 동하는 내가 아니라 쌍둥이 사촌 형들과 헤어지는 걸 더 아쉬워했다. 큰아버지와 큰어머니는 대문 밖 골목까지 따라 나왔다. 곧 보자, 잘 계시라, 운전 조심해서 가라, 서로 인사하느라 어수선했다.

"신경 쓸 거 없어. 그냥 그러려니 해."

어느새 내 옆으로 다가온 그 여자가 말했다. 목소리는 낮았고, 나 외에는 아무도 듣지 못했다. 나는 대꾸하지 않았다.

"넌 우리 딸이야. 이 집 딸이 아니고."

여자가 다시 속삭였다. 나는 끝까지 못 들은 척했다.

*

"할머니! 완전 매운 떡볶이라면서 이게 뭐예요? 대박 싱거워요!"

"그래 이놈아. 그렇게 싱거우면 단지째 고추장 퍼먹고 피똥이나 싸거라."

"완전 맛없어요."

"맛없으면 안 처먹으면 될 거 아니냐."

"맛이 심심해요."

"혓바닥에 불나게 해주랴? 그럼 바빠질 텐데."

일요일 오후였다. 가게는 한산했고, 따분해진 단골들과 할머니가 그런 농담을 주고받으며 시간을 죽이고 있었다.

"한심하지 않냐?"

내가 말했다. 수민은 금방 알아듣고 소리 낮춰 킥킥거렸다. 가

게에 드나든 지 얼마 안 된 아영이는 뭐가? 물었다. 우리는 일주
일 뒤에 있을 기말고사를 준비하고 있었다.

"저 고등학생들 한심하지 않냐고. 얼마나 할 짓들이 없으면 일
요일 오후에 떡볶이집에 죽치고 앉아 저런 농담이나 치고 있냐.
재미라도 있으면 모를까, 맨날 했던 농담 또 우려먹고, 아주 사골
국을 끓이신다."

물론 내 목소리는 우리만 들을 수 있도록 작고 낮았다. 그제야
이해한 아영이가 그쪽 테이블을 힐끗거렸다.

"쳐다보지 마. 자기들한테 관심 있는 줄 착각하면 어떡해."

별말도 아닌데 수민이 웃음을 빵! 터뜨렸다가 얼른 소리를 죽
였다. 우리는 재빨리 교과서에 머리를 박고 공부하는 척했다. 뒤
통수가 따갑긴 했지만 고개를 돌리지는 않았다.

"수민이 너 연애하고 싶냐? 요즘 남자 비슷한 얘기만 나와도 웃
음을 못 참더라."

내가 물었다. 수상한 게 한두 가지가 아니었다.

"하고는 싶은데, 무서워."

"걸릴까 봐?"

"아니. 그냥 다."

"네가 순진해서 그래. 만나는 애들은 잘만 만나잖아."

반에서 3분의 1 정도는 남자 친구 혹은 여자 친구가 있었다. 남
자아이들은 자기 여자 친구 사진을 반에 돌리기도 했다. 얼마나
예쁜지 보라고. 여자아이들은 친한 친구들에게만 남자 친구 얘기

를 털어놓았다.

"방학 때 고민 좀 해보고."

수민이가 말했다. 아직 연애를 하는 것도 아닌데 그 말을 들으
니 벌써부터 서운해지려고 했다.

"너 연애하면 우리 쌩깔 거야?"

"아니. 다 같이 놀 거야."

1초의 망설임도 없이 수민이가 대답했다. 그게 무슨 연애야, 핀
잔을 주긴 했지만 서운해지려던 마음이 맑게 개었다. 우리는 공
부를 했다가 수다를 떨었다가 까르르 웃었다가 심각해졌다가 그
러다가는 또 아차 시험, 하며 공부에 매진했다. 그런 일요일 오후
였다.

누군가가 가게 안으로 들어섰다. 나는 뒤돌아 앉아 있어서 들어
오는 걸 못 봤는데, 아영이가 볼펜으로 내 책을 톡톡 친 다음 고갯
짓으로 알려주었다. 출입문 쪽을 보았다. 떡볶이집 손님으로는 흔
치 않은 30대 후반쯤으로 보이는 여자였다. 나는 가게 안을 두리
번거리며 할머니를 찾았는데, 좀 전에 밖으로 나가셨어,라고 아영
이가 알려주었다.

나는 자리에서 일어났다. 그러나 곧 다시 주저앉았다. 책으로
고개를 돌렸다. 그 여자였다. 바로 알아보지 못한 건 집이 아닌 밖
에서 만나기는 처음이었기 때문이다. 결혼 전에 아빠가 자리를 마
련했지만 나는 참석하지 않았다.

"왜 그래?"

74

수민이 조심스럽게 물었다. 내 눈치를 살피던 아영이가 일어나더니 출입문 앞에 어정쩡하게 서 있는 여자를 안으로 안내했다. 물 드릴까요? 묻더니 대답도 듣지 않고 물 컵과 물병을 가져와 여자의 테이블 위에 놓았다.

"메뉴는 저기 보시면 돼요."

늘 하는 일이라도 되는 듯 아영이가 능숙하게 말했다. 때마침 할머니가 돌아왔다.

"우리 다른 데 가서 공부하자."

내가 말했다. 수민이와 아영이는 의아해하는 얼굴이었지만 군말 없이 고개를 끄덕였다. 할머니와 그 여자가 의례적인 인사말을 주고받는 동안 나는 짐을 싸들고 가게 밖으로 나왔다. 공부할 기분이 아니어서 아이들과 아이스크림 가게로 갔다.

"왜, 왜? 누군데? 왜 그래? 무슨 일이야?"

그제야 수민이가 질문을 퍼부었다.

"그 여자."

나는 짧게 대답해주었다.

"아…… 그런데 여기까진 웬일이야? 가게로는 한 번도 온 적 없잖아. 설마 너 데려가려고?"

"나도 몰라."

"아니면 다른 일 때문인가? 할머니 떡볶이가 맛있다는 소문 들은 거 아냐?"

나도 모르게 피식 웃고 말았다. 그때 아영이가 저기……, 하며 조심스럽게 말을 꺼냈다.

"그 여자가 누구야?"

수민이가 내 눈치를 보더니 말해도 되지? 물었다.

"우리 아빠랑 결혼한 여자."

내가 말했다. 그보다 간단하고 적절한 설명이 또 있을까.

나는 해가 진 뒤에야 가게로 돌아갔다. 예상대로 여자는 떠나고 없었다. 어쩐지 할머니는 좀 심통이 난 것 같았다. 그릇들을 다루는 손길이 거칠었다. 혹시 그 여자랑 싸웠나? 그런데 그 여자는 왜 온 걸까. 아무래도 이상했다. 아빠 없이 그 여자 혼자, 그것도 가게로 찾아올 일은 아무리 생각해도 없었다. 나를 데려가려고 그런 건 아닐 것이다. 그랬다면 며칠 전 큰아버지 집에서 만났을 때 분명 무슨 얘기든 있었을 테니까. 아빠든 그 여자든. 혹시 며칠 사이에 마음이 변한 것?

할머니한테 묻고 싶어서 입이 근질거렸다. 궁금해 죽을 것 같으면서도 선뜻 묻지 못한 건 자존심 때문이었다. 그 여자 얘기를 내가 먼저 꺼낸다는 것. 그따위 여자가 가게로 오든 말든 내가 무슨 상관이란 말인가, 하고 쿨하게 무시하지 못한다는 것이. 그랬는데 다행히 할머니가 먼저 얘기를 꺼냈다. 할머니가 물었다.

"너 혹시 그새 새엄마랑 친해졌냐?"

"무슨 소리야? 내가 그 여자랑 왜 친해져?"

"안 그러면 왜 그러냐?"

"무슨 일인데 할머니?"

"너 정말 모르냐? 네가 시킨 거 아냐? 그럼 지 혼자 오지랖 떠는 거였냐?"

"무슨 일이냐니까? 혹시 싸웠어?"

"내가 개랑 싸울 급이냐? 혼쭐을 내서 보냈지."

"도대체 왜 그러는데?"

"네 큰아버지 좀 말려달랜다. 너 너무 몰아붙이지 말라고. 가뜩이나 예민한 나인데 이러다 진짜 비뚤어질까 봐 걱정된다고. 지들 딸이지 큰집 자식도 아닌데 왜 자꾸 잔소리하고 혼내냐고 하더라. 지는 애들을 자유롭게 키우고 싶대나 뭐래나."

맞는 말 했네 뭐, 라고 대꾸하고 싶었지만 참았다. 아무리 맞는 말이라도 그 여자 편을 들어주기는 싫었다.

"오래 살다 보니 내가 참, 별꼴을 다 본다. 어디 굴러온 돌이 시어미한테 잔소리질이야. 지가 뭔데 내 귀한 아들한테 이래라저래라 참견질이냐고. 시집살이 안 시키는 것만 해도 감지덕지해야지."

"아무리 그래도 할머니, 말이 좀 심하다. 지가 뭐야, 며느리한테."

급기야 그렇게 말하고 말았다. 심하기로 따지면 그 여자라고 부르는 내가 더한데, 왠지 듣고 있기가 불편했다.

"지를 지라고 하지 그럼 뭐라고 하냐? 응? 지가 뭔데 내 아들한테 시비야? 다 걱정되니까 잘되라고 하는 소리지, 못되라고 하는 소리냐? 그럼 큰아버지가 돼서 조카가 비뚤어지든 말든 내버려두라는 거야?"

"할머니, 나 아직 안 비뚤어졌어."

"그러니까 더 잔소리를 해서 바로잡아야지."

"잔소리는 좀……"

"지나 잘하라고 해. 지가 잘했으면 왜 네가 집을 나왔겠냐."

"그건 상관없는데……"

잘하고 말고 할 것도 없었다. 몇 달 함께 사는 동안 내게 말도 못 붙일 정도로 철저히 무시해버렸으니까.

"아무리 네 아비랑 산다고 해도 할 말이 있고 안 할 말이 있지. 지가 뭔 자격으로 내 아들을 탓해. 솔직히 말해서 네가 큰아비랑 가깝냐, 그 여자랑 가깝냐. 그 여자랑은 피 한 방울 안 섞였다."

할머니의 분노는 쉬 꺾이지 않았다. 몇몇 손님들이 가게로 들어서다 할머니를 보고는 도로 나갔다.

할머니는 다 좋은데 큰아버지 얘기만 나오면 유독 흥분하는, 아니 이성을 잃는 경향이 있었다. 누가 큰아버지에 대해 안 좋은 얘기를 조금만 해도 삿대질을 하며 달려들었다. 그게 누구든. 심지어 경찰이나 의사라 하더라도. 머리가 터지고 온몸에 시퍼렇게 멍이 든 큰며느리가 응급실에 실려 와 있는데도 불구하고. 우리 아빠나 고모에 대해서도 그렇지만 큰아버지는 병적인 수준으로 감싸고돌았다. 아무래도 젊은 시절 남편을 잃고 큰아들에게 의지해 살아서 그런 것 같았다.

한참 울화를 쏟아내던 할머니가 문득 나를 돌아보더니 진지하게 말했다.

"오늘 보니 네가 좀 이해가 되더라. 그 여자가 싫을 만해. 손위 시숙도 만만하게 보는데 너한텐 오죽했을라고. 집에 들어가기 싫으면 큰아버지랑 사는 건 어떠냐? 말만 하면 당장 오라고 할 텐데. 조카라고 차별하고 그럴 사람 아니다. 오히려 더 잘해주고 신경 쓰면 썼지. 시커먼 사내애들 들락거리는 가게에 허구한 날 죽치고 있는 것도 불안하고."

맙소사, 할머니……

"난 괜찮아, 할머니. 여기가 좋아. 할머니랑 같이 사는 게 좋아."

"네 나이가 올해 열다섯이야. 여기 있다 무슨 일이라도 생겨봐, 내가 네 아비 얼굴을 어떻게 보냐."

"아무 일도 없을 거야. 내가 조심할게."

"다음에 애비 만나면 한번 의논해봐야겠다."

할머니 제발……, 아…… 할머니……

● 절교와 친교의 패러다임

　지혜와 정혜가 나란히 가게로 들어섰다. 순간 나는 긴장했는데, 지난번 교실에서처럼 가게에서도 그릇들을 집어 던지고 테이블을 뒤엎으며 싸울까 봐 걱정돼서였다. 혹 화해를 위해 함께 왔다 해도 언제 흥분해서 돌변할지 모르니까. 내가 이런 생각을 하는 것도 무리가 아닌 것이 그만큼 그때 그 싸움은 격렬했고, 무시무시했다. 아이들이 감히 끼어들어 말리지도 못할 정도로.

　하지만 내 걱정과는 달리 지켜보는 내내 둘은 화기애애했다. 서로 많이 먹으라며 떡볶이를 양보하고, 함께 휴대전화를 들여다보고, 상대방의 얘기를 주의 깊게 들어주고, 그러다가도 서로 의미심장한 미소를 나누기도 했다.

　"쟤들 화해한 거야? 언제 저렇게 친해졌지?"

　함께 지켜보고 있던 수민이에게 물었다.

"친하긴 원래 친했어. 그때 일로 멀어져서 그렇지. 화해는 최근에 한 것 같고."

"그래? 그렇게 싸우고 화해가 가능한가?"

"쟤들 요즘 자주 붙어 다니던데 못 봤어?"

"응. 전혀 몰랐어."

정학 벌칙이 끝나고 학교에 다시 나오자마자 지혜와 정혜가 가장 먼저 한 일은 반 아이들 앞에서 절교를 선언한 것이었다. 기자회견을 하듯 각자의 자리에서 일어나 그 사실을 공표했다.

"우리는 오늘부터 절교에 들어갈 거야. 그러니까 절대 우리 앞에서는 상대방 얘기를 하지 말아줘. 하는 애가 있다면 걔도 마찬가지야."

그런 뒤 둘은 서로 말도 안 하고 얼굴도 안 보고 마치 눈앞에 없는 것처럼, 존재하지 않는 것처럼 행동했다. 서로가 서로를 철저하게 무시했다. 실수로라도 상대방의 얘기를 꺼내는 아이가 있다면 그 아이도 마찬가지였다. 관계를 끊었다. 그랬는데, 어떻게 다시 친해진 걸까.

"절교의 이유가 사라졌거든."

지혜가 말했다. 궁금증을 이기지 못한 내가 어떻게 다시 친해진 거냐고 물은 데 대한 답이었다.

"오히려 전보다 더 친해질 수밖에 없는 이유가 생겼지."

정혜가 맞장구쳤다.

"그게 뭔데?"

내가 물었다. 궁금해서 미칠 것 같았다. 그렇게 싸워놓고, 절교의 이유가 사라지고 오히려 전보다 더 친해질 이유가 생겼다니.

"내가 바보 멍청이야. 머리 텅텅 빈 그딴 자식을 2년 동안이나 덕질 했다는 게 너무 후회스러워. 그래도 이제라도 알았으니 다행이지 뭐. 그동안 들인 시간과 돈은 이 깨달음을 얻기 위한 대가라고 생각해. 나 요즘 너무 행복하니까."

정혜의 말이었다. 좀더 부연해 설명하자면 이렇다.

팬질 하던 아이돌이 연애를 시작했다. 상상도 못 한 일이었다. 아니, 상상조차 하기 싫어서 머릿속에서 싹 지워버린 것이 바로 '연애'란 단어였다. 다른 아이돌들이 다 연애해도 내 아이돌만은 그러지 않을 거라고 믿었다. 믿음은 견고했고, 결코 깨지지 않을 줄 알았다.

그런데 죽어도 믿고 싶지 않은 그 일이 실제로 일어났다. 믿고 싶지 않았지만, 신문과 뉴스가 연일 떠들어대서 믿지 않을 수 없었다. 충격은 어마어마했다. 몇 날 며칠을 이불 뒤집어쓰고 울었다. 때마침 정학 중이라 하루 종일 울 수 있었다. 밥도 제대로 먹지 못했다. 트위터, 블로그를 비롯한 온라인 커뮤니티도 다 끊었다.

그렇게 며칠이 흘렀다. 마음속은 유황불로 타들어 가는 지옥인데 세상은 너무 고요했다. 마치 아무 일도 일어나지 않았다는 듯 조용했다. 그리고 심심했다. 할 일이 아무것도 없었다. 물론 하고 싶은 것도 없었다. 오로지 심심하다는 생각뿐이었다.

다시 온라인 커뮤니티들을 기웃거렸다. 그새 세상이 변해 있었다. '내' 아이돌의 찬양으로 도배되다시피 하던 커뮤니티들이 이제는 그 아이돌에 대한 증오의 글로 넘쳐나고 있었다. 본인들 손으로 묻었던 과거의 일들이 새록새록 들춰지고 있었다. 긴가민가 했던 일들이 증언과 증거물이 제시되면서 사실로 밝혀지고 있었다. 온통 실망했다는 글들뿐이었다.

"참 이상해. 그걸 보고 있는데 괴롭기는커녕 오히려 마음이 편안해지는 거야. 며칠 동안 내가 받은 고통에 대해 보상이라도 받은 것처럼. 희한하지."

정혜가 말했다. 그런 희한한 경험을 하고도 그 아이돌을 놓는데는 좀더 시간이 걸렸다. 그래도 2년 동안이나 죽자 살자 쫓아다닌 아이돌이었다. 실망했다고 해서 한순간에 떨쳐지지는 않았다. 그렇게 미련의 유효 기간을 거친 뒤 정혜는 그 아이돌을 '파양'했다. 그리고 이제 갓 데뷔한, 훨씬 더 어리고 파릇파릇한 '아이'(물론 실제로는 정혜보다 나이가 많았다)를 새로 '입양'했다. 그러니까 정혜가 '요즘 너무 행복'한 이유는 새로 입양한 아이 때문이었다.

지혜 역시 고통의 시간을 보내기는 마찬가지였다. 여덕이라고 해서 아이돌의 연애가 덜 고통스럽지는 않았다. 연애 때문에 내 아이돌이 다른 사람들에게 까이는 걸 볼 때마다 같이 스트레스를 받았다. 그러나 지혜는, 위기의 순간을 겪긴 했지만 결국 안고 가기로 했다. 한 번의 연애로 내치기엔 그동안 들인 시간과 노력이 너무 아까웠다.

하지만 연애 전과 같을 수는 없었다. 뭐 그럴 수도 있지 생각하

려 해도 맹목적인 믿음으로 가득 차 있던 연애 이전의 마음으로
는 돌아가지지 않았다. 요즘 지혜는 '내' 아이돌보다 다른 보이 그
룹의 사진을 보는 시간이 훨씬 더 길어졌다. 그래도 하나 분명한
건, 내 아이돌에게 흠집을 낸 그 남자 아이돌에 대한 증오는 식지
않았다는 것이다. 식기는커녕 시간이 지날수록 더 뜨거워지기만
했다.

막상 파양하고 나니, 정혜도 미처 예상 못 했지만, 애증이나 안
타까움 이런 건 쥐똥만큼도 없고 '전 자식'에 대한 맹렬한 증오만이
남았다. 그러니까 지혜와 정혜에게는 공동의 적이 생긴 셈이었다.

친해질 수밖에 없고, 친해져야 하는 이유였다.

함께 증오하는 대상을 신나게 까고 나면 그나마 스트레스가 풀
렸다.

"니들이 잘못 알고 있는데, 우리 싸운 것 때문에 절교한 거 아
냐."

지혜가 말했다.

"양쪽 팬덤이 서로 못 잡아먹어서 난린데 우리가 친하게 지낼
순 없잖아. 이젠 아니지만."

정혜가 덧붙였다. 이건 정말 생각지도 못한 의외의 말이었다.
그렇게 피 터지게 싸우고도 그것 때문에 절교한 게 아니라 팬심
때문이었다니. 하긴 애초에 싸운 것부터가 팬심 때문이긴 했지만.
그리고 그 팬심이 사라지자마자, 증오의 대상이 같다는 걸 확인하
자마자 다시 친구가 되었다. 여전히 서로에 대한 감정과는 별개로.

그렇다면 나는…… 나는 내 감정과 상관없이 그 여자와 절교하거나 친교할 수 있을까.

할머니는 내게 사소한 문제 하나라도 일으키는 날에는 어디로든 보내버릴 거라고 말했다. 큰아버지 집으로 가는 건 죽기보다 싫었다. 그 여자가 있는 집으로 가는 것도 내키지 않았다. 그러나 둘 중 하나를 선택해야 한다면 큰아버지 집보다는 그래도 그 여자가 있는 집이 나았다. 최악과 차악 중에서 차악을 고르는 격이었다.

내가 그 여자를 거부하는 건 비단 아빠와 결혼했기 때문만은 아니었다. 보란 듯이 집 안에서 엄마의 흔적을 모두 지워냈기 때문이기도 했다. 엄마가 쓰던 가구들을 모두 내다 버리고 새 가구들로 집 안을 채웠다. 장롱도 텔레비전도 냉장고도, 하다못해 세탁기까지 모두 다 바꿨다. 벽지도 새로 발랐다. 장판도 갈았다. 천장의 등도 새 디자인으로 바꿔 달았다. 바뀌지 않은 건 거실 바닥뿐이었다. 그러나 거실 바닥은 하도 쓸고 닦아서 엄마의 냄새가 조금도 나지 않았다. 집 안 분위기가 너무 달라져서 우리 집이 전혀 우리 집 같지 않았다.

아빠와 동생은 새집으로 이사하기라도 한 듯 마냥 좋아했다. 집 안에서도, 아빠와 동생의 기억 속에서도 엄마는 지워졌다. 원래 존재하지 않았던 사람인 것처럼. 완벽하게. 엄마를 기억하는 건 나뿐이었고, 그래서 나는 외로웠다.

나는 내 개인적 감정을 초월해 그 여자와의 절교를 딛고 친교할 수 있을까. 큰아버지는 나와 그 여자에게 '공동의 적'이라는 역할이 되어줄 수 있을까.

*

밖에 나갔다 돌아온 할머니가 에휴, 어쩜 좋냐, 혼잣말하며 연방 한숨을 쉬었다. 그렇게 기운 없어 보이는 할머니가 낯설었다.

"왜 할머니? 무슨 일 있어?"

내 목소리도 덩달아 조심스러워졌다. 동우 오빠의 퇴학이 결정된 것일지도 모른다는 생각이 들었다. 그 일이 아니라면 할머니가 저렇게까지 낙담할 이유가 없었다.

"미용이 말이다. 어쩌면 좋으냐."

"미용이…… 아니 아줌마가 왜?"

"망하게 생겼다. 미용실 문 닫게 생겼단 말이다."

"갑자기 왜?"

"미용실에 손님이 하나도 없다. 그동안 말을 안 해서 몰랐는데 파리 날린 지 한참 됐단다."

"거기 동네 아줌마들 사랑방 아냐?"

말해놓고 나는 아차, 했다. 짚이는 것이 있었다.

"그러게. 동네 여편네들 죄 모여서 수다 떨고 밥해 먹고 머리하고 그랬는데 왜 갑자기 발길이 뚝 끊기냐. 참 요상하다, 요상해.

아무튼 미용이 불쌍해서 어쩌냐. 이 동네서만 미용사 노릇 한 게 몇십 년인데…… 솜씨도 그만하면 괜찮고, 성격도 무던해서 여편네들 비위도 잘 맞춰주고, 그만한 사람이 없는데……"

"아줌마는…… 뭐래? 왜 갑자기 손님이 끊겼는지 말 안 해?"

"저라고 뭐 알겠냐? 그냥 웃고 말지. 아니면 말 못 할 사정이 있는 건지……"

할머니가 또 한숨을 쉬었다. 아줌마는 아마 이유를 알고 있을 것이다. 확신하지 못하더라도 최소한 짐작은 하고 있을 것이다. 그 정도로 눈치가 없진 않을 게 분명했다. 그런데도 할머니에게 말하지 않았다. 한편으로는 고마우면서 또 한편으로는 미안했다.

"미용실을 다른 동네로 옮기면 되잖아."

내가 말했다. 그 방법밖에는 없어 보였다.

"그게 말이 쉽지."

할머니는 회의적이었다. 그러나 뭐가 문제란 말인가. 어차피 단골도 다 떨어져 나갔으니 이 동네나 새 동네나 마찬가지가 아닌가.

"그게 왜 어려워? 그냥 이사하는 건데. 다른 사람들도 살던 집 팔고 새집으로 이사 많이 가잖아."

"집하고 가게하고 같냐?"

"달라?"

"다르지."

"뭐가 다른데?"

"새 곳에 터 잡고 다시 손님 끌어모으기가 쉬우냐 말이다. 거기다 미용이 나이도 있고. 가게 내느라 대출받은 것도 얼마 전에야 겨우 다 갚은 것 같던데. 딴 데로 옮겨봐, 또 대출받아야 된다. 말이 쉬워 이사지, 돈이 한두 푼 드는 게 아니다."

"그럼…… 어떡해?"

"나도 모르겠다. 방법이 없으니 문제지. 그나저나 이 여편네들이 갑자기 처돌았나. 왜 안 하던 짓을 하고 그래!"

할머니는 분을 이기지 못하고 씩씩거렸다. '미용'이가 걱정돼 죽겠다고 했다. 나 역시 미용실 아줌마와 아영이가 걱정되었다. 그리고 미안했다. 죄책감이 들었다. 이게 다 나 때문이었다. 내가 그렇게 독하게만 말하지 않았어도 이 정도까지는 되지 않았을 것 같았다.

아…… 이제 어떡하지. 할머니에게 말해야 하나. 한숨을 쉬었다가 씩씩거렸다가 어찌할 바를 모르는 할머니를 훔쳐보며 나는 망설였다. 고백해야 한다 생각하면서도 입이 떨어지지 않았다. 사실대로 털어놓으면 당장이라도 큰아버지 집으로 갈래, 네 집으로 갈래, 선택하라고 할 것만 같았다.

결국 나는 입을 다물었다. 그 대가를 치르듯 내내 마음이 편하지 않았다. 아영이를 보는 것도 불편했다. 미용실 사정에 대해선 아무것도 모르는 듯 아영이는 해맑았다.

"너 무슨 걱정 있어?"

내가 말도 잘 안 하고 뚱해 있다 보니 아영이가 오히려 그렇게 묻는 일이 잦아졌다.

할머니는 매일 미용실에 들렀다. 걱정이 돼서 가만있을 수가 없다고 했다. 그럴 때마다 내가 가게를 보았다. 수민이와 아영이가 번갈아가며 도와주어서 힘이 들지는 않았다.

수민이가 엄마에게 불려 가고 둘만 남았을 때 아영이에게 물었다.

"혹시 요즘 용돈 안 줄었어?"

"안 줄었는데, 그건 갑자기 왜?"

"아, 그냥…… 요즘 경제가 안 좋다고 우리 아빠는 줄인대서. 넌 어떤가 하고."

그렇게 둘러댔다. 파리 날리기는 며칠 전 할머니가 처음 알았을 때와 마찬가지라고 들었는데, 미용실 아줌마는 아직도 아영이에게 말을 하지 않은 모양이었다.

"아빠 회사가 어려운 거 아닐까? 우리 엄마는 아무 말 없었는데…… 내가 먼저 줄이자고 해야 하나……?"

"아니 뭐, 꼭 네가 먼저 말할 것까지야 없지. 그런데 아빠는 무슨 일 하셔?"

생각해보니 아영이에게서 아빠 얘기는 들은 적이 없었다. 원래도 개인적인 얘기는 잘 안 하는 아영이긴 했지만. 수민이나 나와는 달리 물어봐야 겨우 대답하는 성격이었다.

"나 아빠 없어. 내가 어릴 때 집 나갔대. 엄마는 돌아가셨다는데, 아마 외할머니 말이 맞을 거야."

아영이가 생글생글 웃으며 대답했다.

"아…… 괜히 물어봤네. 미안해."

"괜찮아. 아무렇지도 않아."

아영이는 괜찮은지 몰라도 나는 전혀 괜찮지 않았다. 미용실이 망해도 아빠 월급이 있으니까, 라고 막연히 위안했는데 아영이에게는 그럴 아빠가 없다는 것 때문이었다. 마음이 무거웠다. 죄책감이 더 깊어졌다.

내가 할머니에게 사실대로 털어놓은 것은 그러고도 며칠이 더 지나서였다. 한껏 주눅 들어 겨우겨우 고백했는데, 난리가 날 거란 내 예상과는 달리 할머니는 의외로 덤덤했다.

"그런 일이 있었냐? 여편네들 마음 돌리기는 글렀구나."

"나 이제 어떡해야 하지?"

"어떡하긴, 네가 잘못한 게 뭐 있다고. 고작 그런 걸로 꽁해서 몇십 년 친구를 한순간에 버리는 그 여편네들이 잘못이지."

"그래도……"

"넌 가만있어라. 네 잘못 아니니까 어디 가서 그런 소리 떠들지 말고."

"할머니가 좀 도와주면 안 돼? 할머니 돈 많잖아."

"넌 여기 있어라."

그러더니 할머니는 미용실에 갔다 오겠다며 밖으로 나갔다. 이유야 뻔했다. 미용실 아줌마에게 물어보겠지. 내 잘못 아니라고 하면서도 할머니의 얼굴 표정은 굳어 있었다. 긴장한 것 같기도 했고, 결연한 것 같기도 했다. 손녀를 지키기 위해서라면 절친과의 싸움도 불사할 것 같은 그런 표정. 설마 진짜 싸우는 건 아니겠지.

얼마 전 큰아버지에 대해 한마디 했다고 맹렬하게 그 여자를 비난하던 할머니가 떠올랐다. 아주 오래전 고모가 신입 사원이던 때, 고모를 괴롭히던 상사의 집으로 직접 찾아가 따졌다는 얘기도 생각났다. 할머니는 그런 사람이었다. 핏줄 앞에서는 물불 가리지 않았다. 큰아버지보다야 덜하겠지만 나 역시 할머니의 핏줄이었다.

이건 미처 생각지 못한 전개였다. 사실을 밝혔을 때 쫓겨날 것만 걱정했지, 미용실 아줌마와의 사이에 불화가 생길지도 모른다는 건 정말이지 상상도 하지 못했다. 나는 불안, 초조, 조마조마한 마음으로 할머니를 기다렸다.

할머니는 저녁때가 다 돼서야 돌아왔다. 미용실에서 무려 네 시간이나 있다 온 것이다. 가게로 들어서자마자 할머니는 냉수에 얼음까지 띄우더니 한 잔을 다 마셨다. 아이고 시원하다, 할머니가 중얼거렸다. 나는 얌전히 처분을 기다렸다. 트림까지 시원하게 하고 나서 마침내 할머니가 말했다.

"내가 뭐랬냐. 네 잘못 아니라고 했지? 미용이도 그러더라. 애초에 자기 귀가 얇아서 생긴 일이라고. 여편네들이 신경 써주니까 그게 고마워서 똥인지 된장인지 구분도 못 하고 딸내미한테 주워 옮기만 했다고. 이번에 알았대. 여편네들 싹 돌아서는 거 보고. 진정으로 내 딸을 걱정하고 위해서 한 충고들이 아니었구나 하고. 아무튼 남 일에 이래라저래라 훈수 두는 것들이 문제야. 쳐 죽일 것들."

할머니는 기세등등했다. 기분이 좋아 보였고, 어쩐지 우쭐해하는 것 같기도 했다. 나는 우선 더 큰 사건으로 발전하지 않았다는데 안도했다. 하긴 할머니의 그 결연한 표정을 본다면, 그리고 할머니에 대해 조금이라도 안다면 미용실 아줌마 아니라 그 누구라도 할머니 앞에서 내 험담을 할 수는 없었으리라.

"너한테 고맙단다. 딸내미 입 열게 해줘서. 만나면 얘기하려고 했는데 그 뒤로 네가 안 온다고 전해달라더라."

우쭐해한 게 이것 때문이었구나.

"할머니, 그럼 나 안 쫓아내는 거지?"

"쫓겨날까 봐 그동안 말 안 하고 혼자 앓았냐?"

"응."

"어쩐지 요즘 똥 마려운 강아지 새끼처럼 안절부절못하더라니. 쓸데없는 걱정했네. 미용이 돕자고 널 보낸 게 나다. 이 할미가 그리 매정해 보이더냐?"

"매정해 보이는 게 아니라 실제로 매정하지. 나한테만."

"지랄한다."

그 일은 그렇게 마무리가 되었다. 나는 당장은 쫓겨날 걱정에서 해방되었고(큰아버지 집이냐 그 여자가 있는 집이냐 선택할 시간을 벌었고), 미용실 아줌마는 결국 가게를 내놓았다. 할머니의 권유에 따른 것이었다.

"동네 여편네들이 죄 돌아선 이상 가망이 없다. 여기서 미련 떨어봤자 적자만 더 늘어난다."

이것이 할머니의 판단이었다. 그리고 그 판단은 정확했다. 아줌마가 망설이는 동안 시간이 흘렀고, 넉 달가량이 지났지만 미용실은 나아질 기미가 보이지 않았다. 사발통문이라도 돌린 듯 하루에 단 한 명의 손님도 없을 때가 대부분이었다. 내가 미용실로 쳐들어갔던 그날 그 시간에 그 자리에 없었던 사람들도 외면하기는 마찬가지였다.

미용실 아줌마에게는 선택의 여지가 없었다. 그해 겨울, 아줌마는 옆 동네에 새 미용실을 차렸다. 버스로 여섯 정거장 떨어진 곳이었다. 원래 하던 미용실보다 훨씬 크고 화려했다. 위치도 더 좋았다. 왕복 6차선 대로변에 있었다. 직원도 한 명 두었다. 당연한 말이지만, 작고 낡은 미용실을 판 돈으로는 어림도 없었다. 부족한 금액은 은행 대출과 할머니가 빌려준 돈으로 메웠다고 했다.

내가 고맙다고 하자 할머니가 말했다.

"착각하지 마라. 너 때문이 아니라 내 절친이어서 도운 것뿐이다. 네가 뭐라고 내가 널 위해서 그 큰돈을 내겠냐."

그해 겨울부터 아영이는 물론이고 수민이와 나도 아줌마가 새로 옮겨 간 미용실로 머리를 자르러 다녔다. 새 미용실에는 우리를 아는 사람도, 그래서 잔소리하는 사람도, 부모님에게 고자질할 사람도 없어서 좋았다.

"넌 방학인데 집에도 안 가냐?"

할머니가 말했다.

"방학한 지 이제 3일 됐거든?"

"3일이든 3분이든 방학하면 집부터 가야지. 아비도 안 보고 싶어?"

"나 우울해, 할머니. 신경 긁지 마."

"저 말하는 꼬라지 좀 봐라. 그래, 네가 왜 우울하냐?"

"성적 떨어졌어."

중간고사 때보다 평균이 30점이나 내려갔다. 시험공부도 한다고 했는데 왜 성적이 떨어진 건지 이해할 수 없었다.

"맨날 헤벌레 해가지고 발정 난 강아지처럼 뛰댕기더니 꼴좋다. 성적이야 떨어질 때도 있고 올라갈 때도 있는 거지."

"자존심 상하잖아."

내가 우울한 진짜 이유는 성적이 떨어진 것 때문이 아니라 사실은 등수가 떨어진 것 때문이었다. 성적만 떨어졌다면 문제가 어려웠다고 변명할 수라도 있겠지만, 반에서 늘 10등 안에 들다 이번에 처음으로 20등 밖으로 밀려났다. 나보다 못하다고 생각했던 아이들이 다 내 위에 있었다. 집에 가서 큰소리칠 명분이 사라졌다.

"봐, 아빠가 신경 안 써도 학원 한 번 안 다녀도 늘 10등 안이야."

이렇게 말할 수가 없게 된 것이다. 사실은 아빠가 아니라 그 여자 들으라고 하는 소리지만.

내가 한숨을 쉬자 할머니가 말했다.

"공부 못해도 성공할 놈은 어쨌든 성공한다."

"그거 큰아버지가 자주 하는 말이잖아."

"네 큰아버지 말이 언제 틀린 적 있디?"

많고 많은 순간들이 떠올랐지만 굳이 말하지는 않았다. 그나마 큰아버지가 성적에 있어선 관대한 걸 늘 다행이라고 생각해왔으니까. 물론 큰아버지도 상금을 내릴 만큼 공부 잘하는 걸 반기긴 했지만 못한다고 크게 나무라지도 않았다.

"제대로 못 배웠어도 나는 성공했다. 사람은 모름지기 열정과 끈기가 있어야 한다. 부지런해야 한다. 나처럼."

이런 자화자찬은 듣기 싫었지만, 그래도 공부하란 잔소리 안 듣는 게 어디냐.

"나 모레 놀러 간다. 이틀 밤 자고 올 거야."

할머니의 뜬금없는 선언이었다.

"놀러 간다고? 누구랑? 어디로?"

"동네 할마시들이랑. 날도 더운데 속리산 자락에 돗자리 깔고 앉아서 시원하게 막걸리나 한잔하자고 하더라."

"그런데 왜 2박 3일이야?"

"설마 막걸리만 마시다 오겠냐?"

"그럼 가게는? 그걸 왜 이제 말해?"

"깜빡했다. 가게야 문 닫으면 되고. 나도 이제 좀 놀러도 다니고 즐기면서 살란다."

"할머니 즐기는 건 좋은데, 그럼 나는? 2박 3일 동안 나 혼자 있으라고?"

"혼자 있든 집으로 가든 알아서 해라."

그러고는 미용실에 다녀오겠다며 밖으로 나가버렸다.

쉴 새 없이 한숨이 나왔다. 어떻게 해야 할지 막막했다. 할머니 없이 혼자 집에 있는 건 무서웠다. 성적표 때문에 집에 가는 것도 내키지 않았다. 그렇다고 달리 갈 곳도 없었다. 아영이네 집은 아줌마 보기가 불편했고, 수민이도 엄마와 냉전 중이어서 눈치가 보였다. 잠꼬대 염탐을 못 하게 된 수민이 엄마가 이번엔 수민이 컴퓨터에 감시 프로그램을 깔았다가 들킨 것이다.

"내 컴퓨터를 감시하고 훔쳐보는 것도 기분 나쁘고, 나를 못 믿는 건 더 기분 나빠."

수민이가 말했다. 엄마들은 왜 이렇게 자식들을 못 믿는 걸까. 잠꼬대 염탐을 그만두게 된 것도 순전히 의사인 삼촌 덕이었다. 수민이가 삼촌에게 고민을 말했고, 그러자 삼촌이 '잠꼬대는 병이다. 잠꼬대를 하면 깊은 잠을 못 자게 되고, 그 후유증으로 성장 장애와 집중력 저하, 정서 불안 등을 가져올 수 있다'라고 수민이 엄마에게 경고했던 것이다.

혼자 잘 게 아니라면 아무리 생각해도 갈 곳은 집밖에 없었다.

이튿날 저녁 아빠가 나를 데리러 왔다. 할머니가 연락했다고 했다. 고소하다는 듯 웃고 있는 할머니에게 나는 한마디 말도 못 하고 어쩔 수 없이 아빠를 따라나섰다.

차 안에는 어색한 정적이 흘렀다. 나는 집을 나온 뒤부터 아빠와 거의 대화를 하지 않았다. 아빠는 나만 보면 쩔쩔맸고, 내 기분을 맞춰주기 위해 애썼다. 나는 그게 좋으면서도 싫었다. 나는 약해지고 싶지 않았다. 흔들리고 싶지 않았다. 나는, 나만큼은 절대 변하지 않을 것이다.

"동우 얘기 들었니? 강제 전학 처분 받았다."

아빠가 말했다. 나는 알고 있다고 대답했다.

"응, 할머니한테 들었구나. 그 정도 선에서 끝나서 다행이야."

동우 오빠가 퇴학을 면하고 그나마 강제 전학 처분을 받은 건 아빠 공이 크다고 했다. 아빠는 학교 선생님과 피해자 부모님을 몇 차례나 찾아가 퇴학만은 면하게 해달라고 빌었다. 쉽게 흥분하고 목소리 큰 큰아버지가 아니라 조곤조곤 사정을 설명하는 아빠 말이 더 설득력 있었을 거라는 게 할머니 생각이었다.

"네 큰아버지는 그쪽 부모하고 만나기만 하면 싸워서……"

흥분하지 말자고 수십 번 다짐하고 나가도 만남의 끝은 항상 고성이 오가거나 멱살잡이라고 했다. 그러면 양쪽 부인이 각자 자기 남편을 뜯어말리고…… 안 봐도 뻔했다. 큰아버지는 여학생이 휴대전화로 사진만 보내지 않았어도 이런 일은 없었을 거라고 생각했다. 그쪽 부모는 또 그쪽대로 동우 오빠가 사진만 퍼뜨리지 않앉어도 자기 딸이 전국에 얼굴 팔리고 인생 망치는 일은 없었을 거라고 소리쳤다. 뭐 둘 다 맞는 말이긴 했다.

"그쪽이 더 안되긴 했지. 동우 놈이야 학교 잘려도 거 뭐냐, 검정고시라도 보면 되지만 그 여자애는 이제 어쩌냐. 그 사진들 아직도 돌아다닌다며? 쯧쯧. 온 동네에 소문나고 평생 얼굴 들고 살기는 글렀지 싶다."

할머니가 당신 핏줄이 아닌 다른 사람을 편드는 걸 본 건 그때가 처음이었다.

"이제 전학 갈 학교를 찾아야 하는데 그게 쉽지가 않네."

라디오 뉴스를 켜며 아빠가 말했다. 퇴근 시간이 지났는데도 길이 막혔다.

쉽지 않겠지. 동우 오빠 소문이 학교마다 다 퍼졌을 테니.

"퇴학만 막으면 다 해결될 줄 알았는데……"

아빠가 뉴스를 껐다. 길마다 온통 막힌다는 소리뿐이었다.

"방학 끝나기 전까지 찾아야 하는데……"

아빠가 좌우를 살피며 차를 유턴시켰다.

"차라리 지방 학교를 알아보는 게 나을까……"

아빠는 나와 단둘이 있는 게 불편한 것이 분명했다. 언제부터 그렇게 관심이 많았다고, 집으로 가는 내내 동우 오빠 얘기만 했다. 정작 몇 주 만에 만난 나는 아예 관심도 없었다. 뭐 아빠의 관심을 갈구할 나이는 아니지만, 관심 좀 끊으라고 내 입으로 말하기도 했지만 진짜 관심 밖으로 밀려나니까 왠지 서럽고 억울했다.

자존심 때문에라도 끝까지 참으려고 했으나 결국 나는 이렇게 묻고 말았다.

"아빠는 나는 안 궁금해? 학교생활은 잘하는지, 성적은 어떤지, 방학 때 뭘 할 건지 하나도 안 궁금해? 그래서 온통 동우 오빠 걱정뿐이야?"

"아니…… 그게 아니고…… 그게 아니라…… 너 성적 떨어져서 우울해한다고…… 아무것도 묻지 말라고 하셔서……"

● 난 아니야

집으로 간 지 겨우 하루 만에 동주 언니에게서 연락이 왔다. 큰
집으로 좀 와달라고 했다. 무슨 일이냐고 물어도 오면 안다는 말
만 반복하더니 전화를 끊었다. 어쩐지 허둥거린다는 느낌을 받았
고, 불안해하는 듯한 기운을 읽었다. 어떤 위급한 상황에서도 평
상심을 잃지 않던(큰아버지 앞에서만 나약하고 겁 많은 소녀일 뿐)
동주 언니에게서는 보기 드문 모습이었다. 되도록 큰집에는 가고
싶지 않았지만 어쩔 수 없었다. 나는 집을 나섰다. 해가 지기 전까
지는 돌아올 생각이어서 아빠에게는 얘기하지 않았다.

"아, 동이구나."

문을 열어주며 큰어머니가 말했다. 목소리에 기운이 하나도 없
었다.

"동주 언니는요?"

내가 물었다.

"방에. 동주 보러 왔니?"

"언니가 집으로 와달라고 해서요."

"그래? 하긴 저도 답답하겠지. 방에 들어가봐라."

동주 언니는 책상 앞에 앉아 뭔가를 골똘히 생각하고 있었다. 내가 들어가도 알아채지 못했다. 동주 언니, 하고 불렀을 때야 뒤를 돌아보았다. 그러더니 왜 오라고 했냐고 물어도, 무슨 일이냐고 해도 그저 멍한 눈으로 나를 보기만 했다. 한동안 그러고 있더니 미안해, 하고 말했다. 내가 괜찮다고 해도 정말 미안해, 한 번 더 말했다.

"한 시간 반밖에 안 걸렸어. 기껏 버스 한 번에 지하철 세 번만 갈아타면 되는 걸 뭐."

내가 말했다. 그제야 동주 언니가 웃어 보였다. 나는 침대에 걸터앉았다. 그때 큰어머니가 들어와 과일 접시를 내려놓고는 뭔가 할 말이 있는 듯 머뭇거리더니 그냥 나갔다.

"오늘은 집에 계시네?"

문이 닫히는 걸 보며 내가 말했다. 큰어머니는 모임이 많아서 평일 낮에는 거의 집에 있지 않았다.

"나 때문에."

"언니가 왜?"

"그럴 일이 있어."

오늘 동주 언니는 좀 많이 이상했다. 정신이 다른 데 가 있는 것 같았다. 나를 집까지 불렀을 땐 분명 이유가 있을 텐데도 내가 먼저 말을 걸기 전에는 입을 꾹 다문 채 딴 생각에 빠져 있었다.

"나 왜 부른 거야?"

그때서야 또 동주 언니가 멍한 표정으로 나를 보았다. 어디 아프냐고 물으니 그에 대한 대답은 없고 엉뚱한 소리를 했다.

"동혜 언니는 아침에 나가서 밤이나 돼야 들어와. 매일. 도서관에 가는 것도 알바를 하는 것도 아닌데. 자기 일 외에는 관심이 없어. 동우 오빠는 안 들어올 때가 더 많고. 그래도 이 정도까지는 아니었는데 징계받은 후로 외박이 더 심해졌어."

그래서 섭섭하다는 뜻일까. 뭐 새삼스러운 일도 아닌데 동주 언니가 왜 굳이 이런 얘기를 하는지 이해할 수 없었다.

"동이야……"

동주 언니가 나지막이 불렀다.

"왜?"

"……"

"말해."

"……"

"비밀로 할 테니까 말해봐."

"정말 미안해."

"뭐가?"

"다."

"다 뭐?"

"그냥 다."

"언니 오늘 좀 많이 이상한데?"

"부탁이 있어."

동주 언니가 내 눈을 피하며 말했다. 이제야 비로소 나를 부른 용건이 나올 모양이었다. 도대체 어떤 부탁이기에 이렇게까지 망설이는지 궁금해 죽을 지경이었다.

"내가 빵이 먹고 싶은데, 좀 사다 줄 수 있어?"

"그게 부탁이야?"

"응."

나도 모르게 피식, 웃고 말았다. 이런 심각한 분위기 조성이 고작 빵 심부름 때문이라니, 어이가 없었다. 아니지. 고작 빵 하나 때문에 한 시간 반 거리에 있는 나를 부른 게 미안해서, 혹은 내가 화낼까 봐, 동시에 내가 거절하지 못하도록 미리 판을 깐 것일지도 모르지. 생각할수록 어이가 없어서 자꾸 웃음이 나왔다. 빵이 얼마나 먹고 싶었으면 이럴까 싶었다. 측은한 생각도 들었다. 보자마자 아픈 게 아닌가 했는데 진짜로 아픈 모양이었다. 빵도 사러 나가지 못할 정도로.

"알았어. 사다 줄게."

"부탁이 하나 더 있어."

"뭔데?"

"들어올 때 현관문 사이에 이거 좀 끼워놔 줘. 엄마 모르게."

동주 언니가 책 한 권을 내밀었다.

"그럼 문이 안 잠기잖아? 도둑 들면 어떡해?"

"사람이 셋이나 있는데 뭐가 걱정이야."

듣고 보니 그랬다. 평일 대낮인 데다, 큰어머니까지 있는데 뭐가 걱정인가 싶었다. 왜 문을 열어놓으라는 것인지는 묻지 않았다. 큰아버지는 내 말을 믿지 않았지만 정말이었다. 그 순간의 나는 동주 언니가 집에만 있으니 갑갑해서 그런 거라고 멋대로 생각했다. 바깥공기가 많이 그리운가 보다 짐작했다. 비록 현관문 밖이 울창한 숲은 아니지만, 문을 열어놓았다는 생각만으로도 답답함이 조금은 줄어들 테니까.

만약 내가 이유를 물었다면 동주 언니는 사실대로 말했을까. 그리고 나는, 이유를 알고도 언니의 부탁을 들어줄 수 있었을까. 아니, 언니의 부탁을 거절할 수 있었을까.

"지하철역 가는 길에 제과점 있어. 이 돈만큼 사다 줘. 아무거나."

언니가 말했다.

*

빵을 사서 돌아온 뒤 현관문 사이에 책을 끼워 넣었다. 큰어머니는 거실 소파에 앉아 텔레비전을 보고 있었다. 힐끗 나를 돌아보기는 했으나 그뿐이었다. 나는 동주 언니 방으로 갔다.

그렇게 먹고 싶다던 빵을 사다 줬는데도 동주 언니의 표정에는 변화가 없었다. 나를 골탕 먹이기 위해 일부러 빵 심부름을 시킨 게 아닐까 의심이 들 정도로 시큰둥했다. 빵 봉지에는 손도 대지 않고 멍하니 보고만 있는 동주 언니가 이해되지 않았다. 싫어하는 음식조차도 사 온 사람 정성을 생각해서 먹는 척이라도 하는 게 예의 아닌가 말이다. 하물며 이 빵은 버스 한 번에 지하철을 세 번이나 갈아타며 달려와 언니가 어렵게 부탁해서 사 온 귀하디 귀한 빵이 아닌가.

"안 먹어?"

섭섭해지려는 마음을 다잡고 내가 물었다.

"주방에 가서 접시랑 포크하고 나이프 좀 갖다줄래? 냉장고에 버터랑 잼 있는데 그것도."

"어? 이런 빵에 웬 포크랑 나이프?"

그러자 동주 언니가 한술 더 떴다.

"아, 주방 찬장에 보면 호두랑 아몬드 있는데, 미안, 그것도 좀 갖다줘. 빵이랑 같이 먹고 싶어."

"안에 크림 잔뜩 들었는데…… 야채도……"

"부탁이야."

"언니 식성 이상해졌어."

투덜거리면서도 나는 주방으로 갔다. 접시는 찬장에서, 포크와 나이프는 싱크대 서랍에서 찾았다. 버터와 잼도 냉장고에 있었다. 문제는 호두랑 아몬드였다. 찬장을 아무리 뒤져도 보이지 않았다. 냉장고에도 없었다. 내가 주방에서 달그락거리자 큰어머니가 다가오더니 뭘 찾느냐고 물었다.

"호두하고 아몬드요. 찬장에 있다는데 안 보이네요."

"그런 게 찬장에 있었나……"

"못 보셨어요?"

"그러게. 난 못 봤는데."

그러면서도 큰어머니는 찬장을 하나하나 열어 안을 확인했다. 라면과 국수, 당면, 김 같은 것들이 밖으로 끌려나와 식탁 위에 놓였다. 큰어머니가 위쪽 찬장을 훑는 동안, 나는 아래쪽 서랍과 찬장을 한 번 더 확인했다.

"냉장고에 있나……"

큰어머니가 중얼거렸다.

"없던데요. 벌써 찾아봤어요."

"냉동 칸도?"

"아뇨, 거기는."

문을 열어보기는 했다. 하지만 비닐에 싸인 채 꽝꽝 얼어 있는 것들이 무엇인지 알 수 없어서 그냥 닫았다. 큰어머니가 냉동 칸을 뒤지는 동안 나는 뒤에 서서 구경했다. 여전히 무엇인지 알 수 없는 것들이 끝도 없이 나왔다. 그것들이 호두나 아몬드가 아니라는 것만 알 수 있었다. 냉동 칸이 반 넘게 비워졌을 때 내가 말했다.

"동주 언니한테 물어보고 올게요."

방으로 갔다. 동주 언니가 보이지 않았다. 빵 봉지만 책상 위에 덩그러니 놓여 있었다. 화장실로 가서 똑똑 노크했다. 대답이 없었다. 문을 열었다. 거기에도 없었다. 안방에도, 동혜 언니 방에도, 동우 오빠 방에도 없었다. 서재에도 없었다. 혹시나 하는 마음에 베란다도 모두 둘러봤지만 동주 언니는 어디에도 없었다. 현관문을 보았다. 반쯤 열려 있었다. 빵을 사서 들어올 때 내가 책 한 권만큼 열어둔 문이었다.

"밖에 나간 것 같은데요. 동주 언니 집에 없어요. 아몬드 사러 갔나……"

주방으로 가서 말했다.

"없어? 동주가? 집에 없다고?"

"네…… 다 찾아봤는데……"

큰어머니의 목소리가 어찌나 날카로운지 나는 주눅이 들어서 우물우물 겨우 그렇게 대답했다. 내 말이 끝나기도 전에 큰어머니는 동주 언니 방으로 가다가 열린 현관문을 발견하고는 곧바로 밖으로 달려 나갔다.

그때까지만 해도 나는 큰어머니가 '다 큰' 딸을 과잉보호한다고 생각했다. 아픈 딸이 한여름 땡볕 아래 걸어가다 혹시라도 쓰러질까 봐 걱정돼서 달려가는 거라고. 어린애도 아니고, 나갈 만하니까 나간 거겠지 왜 이렇게 호들갑인가 생각했다.

동주 언니도 큰어머니도 한참이 지나도 돌아오지 않았다. 집에 혼자 남은 나는 현관문을 닫고 소파에 앉아 기다렸다. 중간에 큰어머니가 전화를 해서는 동주 언니가 돌아오지 않았는지를 물었다. 안 왔다고 했더니 한차례 한숨을 내쉬고는 전화를 끊었다.

큰어머니가 돌아온 건 한 시간이 훌쩍 지나서였다. 지하철역에 간 건 물론이고 근처 상점들까지 다 돌았다고 했다. 큰어머니 표정이 너무 무서워서 나는 무슨 일이냐고 묻지도 못했다.

"동주가…… 기어코 집을 나갔어."

큰어머니가 큰아버지에게 전화를 걸어 말했다. 수화기 너머에서 소리치는 큰아버지 목소리가 내 귀에까지 들렸다. 애 하나도 못 지키고 집구석에서 뭘 하고 있었느냐, 지키라는 애는 안 지키고 처먹고 처자빠져 잤느냐, 네가 돼지 새끼랑 다른 게 뭐냐, 그런 내용이었다, 듣고 있기에도 민망한.

"옆에 동이 있어. 이만 끊어."

그러자 큰아버지가 뭐라고 하는지 큰어머니는 바로 전화를 끊지 않고 조금 후에 수화기를 내려놓았다. 무슨 일이 벌어진 건지도 모르면서 나는 안절부절못했다. 동주 언니는 왜 집에 돌아오지 않는가, 아니 집을 나갔다는 건 무슨 말인가. 큰어머니는 왜 이렇게 무서운 표정을 짓고 있고, 큰아버지는 왜 또 목이 터져라 소리치고 화를 내는가. 한 가지는 확실히 알 수 있었다. 얼른 이곳에서 벗어나야 한다는 것, 한시바삐 이곳에서 도망쳐야 한다는 것. 내가 말했다.

"저…… 이제 집에 가볼게요……"

"좀 있어봐라."

큰어머니의 목소리는 소름 끼치도록 차갑고 냉담하고 싸늘했다.

"왜……요?"

"아무튼 있어봐."

무슨 일인지는 모르지만 또 한 가지 사실은 확실했다. 내가 모르는 그 '무슨 일'이 이미 벌어졌다는 것. 게다가 나도 모르는 사이에 그 '무슨 일'에 내가 연루된 것일지도 모른다는 것.

두렵고 무서웠다. 그 '무슨 일'에 내가 연루되었을지도 모른다는 것 때문이 아니라 큰어머니의 표정과 곧 들이닥칠 큰아버지 때문에 오금이 저렸다. 큰아버지가 도착하자마자 아마 두 사람은 말싸움을 벌일 것이다. 말싸움은 곧 폭력을 동반한 몸싸움으로 변질될 것이고, 욕설과 비명이 난무할 것이며, 전화기와 재떨이, 꽃병 같은 것들이 포탄처럼 날아다닐 것이다. 모두 사촌들이 말해준 내용이었다. 사촌들이 전하는 싸움 묘사가 얼마나 생생하던지 내가 직접 본 것처럼 눈앞에 선했다.

"저…… 화장실에 좀……"

"갔다 와라."

나는 큰어머니 눈치를 보며 화장실로 갔다. 그제야 내가 왜 감시를 당해야 하는 것인지 억울한 마음이 들었다. 통화를 마친 큰어머니는 팔짱을 낀 채 내 앞에 꼼짝 않고 앉아 있었던 것이다. 마치 내가 도망갈까 봐 감시하는 것처럼.

서둘러 아빠에게 전화를 걸었다. 이 상황에서 나를 구해줄 사람은 아빠뿐이었다. 그러나 통화 연결음이 열 번도 넘게 울렸지만 아빠는 전화를 받지 않았다. 하고 또 했다. 마찬가지였다. 회의 중인 것 같았다.

사실 가장 먼저 떠오른 사람은 할머니였지만 할머니에게는 전화하지 않았다. 어쩌면 지금쯤 속리산 아래에서 막걸리를 마시고 있을지도 몰랐다. 아빠에게 한 번 더 전화했다. 여전히 통화가 되지 않았다. 점점 초조해졌다. 큰어머니가 얼른 나오라고 부를 것만 같았다.

떠오르는 사람이 한 명 더 있었지만 나는 차마 통화 버튼을 누르지 못하고 망설였다. 지금껏 어떻게 지켜온 자존심인데 이렇게 나 스스로 무너뜨릴 순 없다는 생각과 그래도 큰집에 잡혀 있는 것보다는 낫지 않을까 하는 생각이 한 치 양보 없이 치열하게 싸웠다.

"동이, 화장실에 있는 것 맞지?"

큰어머니가 그렇게 나를 찾았을 때야 비로소 나는 결정을 내렸다. 통화까지는 내키지 않아서 카톡을 보냈다.

'큰집에 잡혀 있어요. 나 좀 데려가줘요.'

*

"동주는 어디에 있느냐?"

큰아버지가 물었다. 내 예상은 빗나갔다. 큰아버지는 집 안으로 들어서자마자 큰어머니와 싸우는 대신 나를 안방으로 불러 앉혀 놓고는 동주 언니가 어디에 있는지를 물었다. 당연한 말이지만 나는 어리둥절했고, 큰아버지의 기세에 눌려 내게 왜 이러는지조차 묻지 못했다.

"빨리 말해라. 지금 말하면 용서해준다."

큰아버지가 그 큰 눈을 부릅떠 나를 노려보았다. 나는 용기를 쥐어짜 겨우 대답했다.

"몰⋯⋯라요."

"모른다는 건 말이 안 된다."

"왜⋯⋯요?"

"네가 가출을 도왔기 때문이지."

"가출이요? 동주 언니요? 동주 언니 가출했어요?"

나도 모르게 목소리가 커졌다. 그 '무슨 일'이 동주 언니와 관련된 거라는 건 짐작하고 있었다. 하지만 가출은 정말 생각지도 못했다. 동주 언니의 계획에 따르면 가출은 3년 반 뒤에 일어날 예정이었다. 그러니까 지금은 때가 아니란 말이다. 큰아버지가 잘못 알고 있는 건 아닐까. 동주 언니가 없어진 지 이제 겨우 두 시간 반이 지났을 뿐이다. 어디 멀리 갔을 수도 있고 친구를 만나고 있을 수도 있었다. 두 시간 반 집을 비웠다고 가출로 단정 짓는 게 어이가 없었다. 이런 호들갑스러운 부모를 보았나.

"에이, 설마요. 어디서 친구라도 만나고 있나 보죠. 가출하려면 아직 3년도 더 남았는데."

명백한 내 실수였다. 마지막 말은 정말이지, 덧붙이지 않는 게 나았다. 큰아버지가 가출이라고 단정 짓는 바람에 아니라는 걸 강조하려다 보니 나도 모르게 그런 말이 나와버렸다.

"역시. 알고 있었구나. 그럴 줄 알았다."

큰아버지가 말했다. 순간 큰아버지와 눈이 마주쳤다. 나는 얼른 고개를 숙였다.

동주 언니가 들켰구나……

나는 좀더 신중했어야 했다. 이 사람들이 왜 이렇게 민감하게 반응하는지 그 이유를 따져보았어야 했다. 여러 가능성을 두고 생각해보았어야 했다. 하지만 나는 그러지 못했고, 지극히 단순했다. 내 머릿속에는 여러 가능성은커녕 동주 언니조차 없었고, 오로지 큰집에서 벗어나고 싶다는 생각뿐이었다.

"이제 말해봐라. 동주는 어디에 있냐?"

"정말 몰라요…… 가출이 아닐 수도 있잖아요……"

"통장이랑 독립 계획선지 뭔지 들통나고 나서 당장 집을 나가 겠다는 걸 겨우 붙잡아두고 있었어. 방학 내내 집 밖으로는 한 발 짝도 못 나가게 내가 지키고 있었단 말이다. 방학 전에는 학교에 데려다주고 데려오고. 그때도 도망치려다 붙잡힌 게 한두 번이 아니야."

큰어머니가 말했다. 그때 초인종이 울렸고, 큰어머니가 허둥거 리며 거실로 나갔다.

"누구야?"

큰아버지가 물었다.

"동서네."

큰어머니의 목소리에는 실망한 기색이 역력했다.

"이 시간에 여긴 왜?"

"네가 불렀니? 질색하는 것 같더니만 꼭 그런 것만도 아닌가 보네."

큰어머니가 안방 쪽으로 걸어오더니 문틀에 기댄 채 그렇게 말했다. 그 순간의 나는 그 여자에게 연락한 걸 진심으로 후회하고 있었다. 일이 이렇게 진행될 줄은 꿈에도 몰랐다. 마치 취조를 받듯 죄인처럼 추궁당하는 것 말이다. 어차피 지금 당장 나를 데리고 나가기는 글렀고, 추한 꼴만 보이게 생겼다.

그 여자가 왔다. 안방으로 들어와 큰아버지에게 인사한 뒤 큰어머니와 나 사이, 뒤쪽에 떨어져 앉았다. 조금 후에 또 초인종이 울렸다. 큰어머니가 서둘러 거실로 나갔다.

"아버지도 불렀어?"

큰어머니가 물었다.

"제가 연락했어요."

그 여자가 대답했다.

"다들 직장은 어떡하고 이 시간에 행차야?"

아빠가 왔다. 아빠는 먼저 큰아버지에게 인사한 뒤 나를 힐끗 보고는 그 여자 옆에 가서 앉았다.

"동주가 집을 나갔다. 그래서 동이한테 동주 어디 있는지 물어보고 있었다."

큰아버지가 설명했다.

"아…… 큰일이네요."

아빠가 우물우물 대답했다. 더 이상의 설명이나 물음이 없는 걸 보면 아빠도 동주 언니의 독립 계획을 알고 있었던 것 같았다. 이제 아빠가 왔으니 상황이 달라질 것이다. 큰아버지도 좀 전처럼 내게 윽박지르지 못할 것이다. 내가 다급하게 말했다.

"난 정말 몰라, 아빠."

"넌 자식 교육을 어떻게 시킨 거냐. 애 말투가 이게 뭐야."

큰아버지가 아빠에게 말했다. 자식 교육으로 따지자면 큰아버지 당신 쪽이 훨씬 심하지, 나는 마음속으로 대꾸했다. 아빠는 말이 없었다.

"난 기분이 좀 그렇네. 우리가 애 하나를 뭘 어쩐다고 이 시간에 둘씩이나 득달같이 달려오나그래."

큰어머니의 투덜거림에도 아빠는 아무런 대꾸를 하지 않았다. 그저 고개를 숙이고는 묵묵히 앉아 있었다. 큰아버지의 추궁이 다시 시작됐다.

"널 혼내려는 게 아니다. 동주를 찾으려고 이러는 거야. 사내자식도 아니고 여자애가 집을 나갔는데 어느 부모가 가만있겠냐. 넌 걱정도 안 되냐?"

"걱정돼요. 그런데 정말 몰라요."

"네가 우리 집을 싫어한다는 걸 안다. 넌 단 한 번도 너 혼자 우리 집에 온 적이 없다. 가족 모임에 너 혼자 빠진 적은 있지만. 그런데 오늘 너는 우리 집에 왔다. 그리고 동주가 사라졌다. 이게 우연이겠냐. 세상에 우연이란 없다. 게다가 넌 동주 가출 계획도 알고 있었다."

"그건 지난번에 언니가 말해줘서 알았어요. 오늘 온 것도 언니가 집으로 와달라고 해서……"

"왜 오라고 하더냐?"

"이유는 말 안 하고 그냥 와달라고…… 오니까 빵이 먹고 싶다고 해서 빵 사다 준 것밖에 없어요."

"빵은 동주 방에 그대로 있었다."

"진짜예요. 언니가 빵을 사다 달라고 했어요."

"그런데 아무리 생각해도 이상해. 내가 왜 문 열리는 소리를 못 들었을까……"

고개를 갸웃거리며 뭔가를 곰곰이 생각하던 큰어머니가 중얼거렸다.

"밖으로 나가자면 문 열리는 소리가 났을 텐데…… 아무리 주방에 있었다고 해도 못 들을 리가 없는데……"

나는 사실대로 말했다. 내게 불리한 진술임에도, 나만 입 다물고 있으면 아무도 모를 텐데도 불구하고 있는 그대로 털어놓은 것은 내가 전적으로 진실을 말하고 있다는 걸 알아주었으면 해서였다. 진실을 말하면 다른 내 말도 믿어줄 줄 알았다.

"둘이 짜고 벌인 일이 맞구나. 빵을 사 온다는 핑계로 문이 덜 닫히게 해놓고, 네가 큰어머니를 주방으로 유인한 사이 동주가 탈출한다, 이 시나리오네. 딱 들어맞아. 내 예상이 맞았어. 네가 간 큰 아이라는 건 알았지만 이 정도일 줄은 몰랐다."

큰아버지가 말했다. 맙소사. 이게 어떻게 딱 들어맞는 시나리오 인가. 어안이 벙벙했다. 나는 아빠를 돌아보았다. 아빠는 여전히 고개를 숙인 채 방바닥만 보고 있었다. 뒤늦게 내가 소리쳤다.

"아니에요! 전 진짜 몰랐어요. 그냥 언니가 시키는 대로 했어 요. 답답해서 열어놓으라는 줄 알았어요."

"답답하면 창문을 열어야지. 선풍기도 있고 에어컨도 있고. 요 즘이 어떤 세상인데 함부로 현관문을 열어놔. 너는 집에서 그러 냐?"

"언니가 끼워놓으라고 책을 주기에 그냥……"

"긴말할 것 없다. 넌 알고 있었지? 동주 지금 어디에 숨어 있 냐?"

"동이가 모른다잖아요."

나지막하지만 단호한 목소리, 그 여자였다. 아빠가 아닌 그 여 자였다. 나는 뒤를 돌아보았다.

"제부는 끼어들지 마소."

큰아버지가 이번에는 그 큰 눈을 부릅떠 그 여자를 향해 부라렸 다. 나는 숨을 죽였는데, 그 여자는 기 하나 죽지 않고 다시 말했다.

"정말 너무들 하시네요."

"너무해? 우리가? 우리가 뭘 너무해? 동이 때문에 우리 딸이 가 출한 거잖아! 어디 있는지만 말하라는데 그게 왜 너무해?"

큰어머니가 그 여자를 향해 돌아앉으며 소리 질렀다. 그 여자도 물러서지 않았다. 여전히 낮지만 단호한 목소리로 반박했다.

"그게 왜 동이 때문이에요? 아무리 들어도 동이는 사촌 언니 부탁을 들어준 것밖에 없는데요."

"동이 말을 믿어? 동이가 문을 안 열어놨으면, 아니 나를 주방으로 꾀어내지만 않았어도 이런 일은 없었어! 뭐? 답답할까 봐 바람 쐬라고? 그게 말이 돼? 아무리 동주가 시켰다 해도 문을 열어놓으라고 하면 의심부터 해야 정상이지, 이상하다고 생각하는 게 당연하지, 그걸 곧이곧대로 해? 이러니 우리가 동이 말을 못 믿지!"

"선한 마음으로 행한 일이 이렇게 오해를 살 수 있다는 게 놀랍네요."

"오핸지 아닌지 동서가 어떻게 알아!"

"동이가 아니라고 하니까요. 동이야, 넌 오늘 동주가 가출할 거라는 걸 알고 있었니?"

그 여자가 물었다. 나는 고개를 푹 숙인 채 기어들어 가는 목소리로 대답했다. 아니요,라고.

"그럼 동주가 지금 어디 있는지 아니?"

"몰라요."

"동주한테 뭐 들은 말 없어?"

"없어요. 그냥 미안하다고 했어요. 계속 미안하다고."

그제야 나는 동주 언니가 왜 계속 미안하다고 했는지 깨달았다. 동주 언니는 이런 상황을 예상하고 있었다.

"동주가 너한테 미안하다고 했어?"

"네. 오늘 언니가 좀 이상했어요. 이유도 말 안 하고 집으로 와 달라고 하고, 계속 미안하다고 하더니 빵 좀 사다 달라고…… 빵 이 너무 먹고 싶다고 했어요. 현관문은…… 진짜로…… 아파서 밖에 못 나가니까 답답해서 그러나 보다…… 내가 도둑 얘기도 했는데 동주 언니가 사람이 세 명인데 뭐가 걱정이냐고 했어요. 진짜예요. 내가 생각해도 큰어머니도 계시니까 뭐…… 그래서 열 어놓은 거예요. 주방에 간 건 언니가 가져오라는 게 있어서…… 다른 건 다 찾았는데 호두랑 아몬드는 아무리 찾아도 안 보여 서…… 근데 난 정말 몰랐어요. 언니가 그사이에 나갈 줄은."

나는 그 여자가 물어보는 대로 고분고분 대답했다. 큰아버지는 물어놓고 내가 대답하면 중간에 끊어먹기 일쑤였는데 그 여자는 그러지 않았다. 내가 말을 마칠 때까지 기다려주었다. 다른 때 같 으면 벌써 서너 번은 치고 들어왔을 큰아버지도 웬일로 잠자코 있 었다. 아무래도 그 여자에게 꼬투리 잡힐 빌미를 주지 않기 위해 서인 것 같았다.

"들으셨죠? 두 분이 오해하신 거예요. 동이는 아무것도 몰라 요."

그 여자가 결론 내렸다.

"사람이 세 명이면 뭐해. 죄다 여자들뿐인걸."

큰어머니가 말했다. 나는 큰어머니를 쳐다보았다. 큰아버지 못 지않게 기골이 장대했다.

"아까부터 자꾸 현관문 갖고 딴지 거시는데 동이 입장에서는

118

충분한 이유가 있었네요. 집 안에 어른도 있고 동주도 걱정 말라
는데 혼자 도둑 들까 봐 걱정하는 게 더 이상하죠. 안 그래요 형
님?"

"한쪽 말만 듣고 판단하면 안 되지. 동이가 불리해지니까 거짓
말하는지 어떻게 알아."

"그럼 동주를 데려와서 확인해보시든가요."

"지금 누굴 놀려? 동주가 없어서 이 사달이 난 거 아냐!"

큰어머니가 버럭 소리를 질렀다. 그러나 곧 잠잠해졌고, 한숨을
쉬며 자기 가슴을 주먹으로 팡, 팡, 쳤다. 나는 뒤를 돌아보았다.
아빠는 양손을 깍지 긴 채 두 다리 사이에 늘어뜨리고 있었다. 고
개는 여전히 숙인 채였고, 옆으로 약간 삐딱하게 틀어져 있었다.
아빠는 왜 아무 말도 하지 않는 걸까.

"동이 너 정말 모르냐? 이런 건 약속 지켜준다고 의리가 아니
다."

여전히 의심을 거두지 않은 목소리, 큰아버지였다.

"이제 그만하셨으면 좋겠어요. 저희 이만 동이 데리고 갈게요."

"가? 어딜? 아직 동주도 못 찾았는데!"

누그러든 듯싶었던 큰어머니가 또다시 펄쩍 뛰었다.

"우리가 여기 있는다고 달라질 게 없잖아요."

"동이가 불어야지. 동이가 알고 있어."

그 여자의 한숨 소리가 내게까지 들렸다. 아빠는 그 어떤 소리
도 내지 않았다. 한숨 소리조차도.

"이럴 시간에 차라리 밖에 나가서 동주를 찾아보세요."

"제 발로 나간 걸 무슨 수로 찾아. 동이만 사실대로 말하면 끝인데."

도대체 말이 통하지 않았다. 의심하고 해명하는 이 상황이, 이 과정이 한없이 돌고 돌았다. 끝났나 싶으면 다시 처음으로 돌아가 있고, 또 끝났나 싶으면 어김없이 처음으로 돌아가 있었다.

내가 뭘 잘못했다고 이렇게 취조당하고 욕먹고 죄인 취급을 받고 있는지 황당하고 서럽고 억울하고 화가 났다. 분통이 터져서 미칠 것 같았다. 악, 소리라도 지르고 싶었다. 아니라고, 당신들이 뭔데 날 의심하냐고 따지고 싶었다. 그런데 그 순간.

"자꾸 이러시면 형님, 경찰 부를 거예요."

그 여자가 말했다. 큰어머니의 폭발은 어쩌면 당연했다. 분통이 터져서 미칠 것 같던 나조차도 깜짝 놀랐으니.

"뭐? 이년이 지금 미쳤나? 네가 뭔데 경찰을 부르고 말고야! 우리가 무슨 잘못을 했다고 경찰을 불러! 그래! 불러봐! 어디 불러봐! 누가 잘못했는지 한번 따져보자!"

큰어머니의 폭언은 이후로도 한참 동안 계속됐다. 차마 입에 올리기 어려운 말들. 모욕적이고 욕설에 가까운 말들. 큰어머니의 폭주가 너무 엄청나서인지 누구도 끼어들어 말리지 못했다. 그 여자도 듣고만 있었다. 급기야 제풀에 지쳐 큰어머니가 조용해지자 마침내 그 여자가 말했다.

"감금죄에 해당돼요."

간결했다. 거품 물고 덤비던 큰어머니조차 어안이 벙벙해질 정도로 깔끔한 반격이었다. 그래, 솔직하게 말하자. 그 순간의 나는, 통쾌했다. 짜릿했다.

*

해가 뉘엿뉘엿 질 무렵 우리는 큰집에서 나왔다. 큰어머니가 마지막까지 악을 쓰기는 했지만 우리를 잡지는 않았다. 큰아버지가 버르장머리 없는 것들,이라고 소리치기는 했지만 우리를 막아서지는 않았다. 나는 아빠 차에, 그 여자는 자기 차에 타고 집으로 향했다.

나는 뒷좌석에 앉아 운전하는 아빠를 바라보았다. 아빠는 왜 가만히 있었을까. 내가 억울하게 당하는데도 왜 보고만 있었을까.

아빠는 나를 위해 변명 한마디 하지 않았다. 그 여자가 큰아버지, 큰어머니에 맞서 싸울 때 아빠는 고개를 숙인 채 침묵을 지키고 있었다. 아빠는 왜 아무것도 하지 않았을까. 사나운 맹수 앞에 던져져 언제 잡아먹힐지 모르는 나를 왜 구해내지 않았을까. 큰아버지에게 반기를 드는 것이 그렇게 두려웠을까.

아빠가 큰아버지를 어려워한다는 건 진작부터 알고 있었다. 하지만 이 정도일 줄은 몰랐다. 자기 가족도 지키지 못할 정도로 두려워하는 줄은. 철들고 처음으로 아빠가 초라해 보였다. 한심하게 여긴 적은 있지만(아빠는 종종 전날 마신 술 때문에 하루 종일 침대에 늘어져 있곤 했다) 초라해 보인 건 이때가 처음이었다.

"정말 미안하다."

내 마음을 읽기라도 한 듯 아빠가 말했다. 그걸로 끝이었다. 딱 한마디뿐이었지만 나는 알아들었다. 하지만 알아들었다고 해서 이해한 건 아니었다. 나는 대답하지 않았다. 대신 한참 뒤에 이렇게 물었다.

"왜 전화 안 받았어?"

쪼잔하다는 거 안다. 그래도 묻지 않을 수 없었다.

"아 그때…… 회의 중이었어. 휴대전화를 안 가지고 있었어."

"그럼 그 여자 전화는 어떻게 받았어? 거의 동시에 도착했잖아, 큰집에."

"휴대전화로 연락이 안 되니까 사무실로 전화를 했더라. 다른 직원이 받아서 회의실로 연결해줬어. 급한 일이라고 했나 봐."

아빠 사무실 전화번호는 내 휴대전화에도 저장되어 있었다. 혹시 모르니까, 말하며 아빠가 직접 입력해주었다. 하지만 긴박했던 그 순간의 나는 사무실로 연락할 생각은 미처 하지 못했다. 바보같이. 바보처럼. 기분이 상해서 아무 말도 하고 싶지 않았다. 내가 입을 다물자 아빠도 묵묵히 운전만 했다.

전화기를 꺼냈다. 카톡이 하나 와 있었다.

'지금 갈게.'

그 여자였다. 큰집으로 와달라는 내 카톡에 대한 답이었다. 그 여자는 아무것도 묻지 않았다. 왜 와달라고 하는지, 내가 정말 큰집에 잡혀 있는지 어쩐지. 지금 갈게. 오직 그 말뿐이었다.

혹시나 했지만 동주 언니에게서는 연락이 없었다. 언니는 지금 어디에 있을까. 왜 내게 사실대로 털어놓고 도와달라고 하지 않았을까.

동주 언니는 내게 아무것도 말하지 않았다. 독립 계획을 들킨 것도, 거듭 탈출에 실패한 것도, 심지어 오늘 당장 또다시 가출을 시도할 거라는 것도. 언니는 나를 믿지 않았다. 그렇다면 나는? 언니의 계획을 알고도 오늘처럼 천연덕스럽게 행동할 수 있었을까. 언니의 가출을 도와줄 수 있었을까.

아빠와 내가 탄 차가 아파트 주차장으로 들어섰다. 그 여자는 먼저 도착해 우리를 기다리고 있었다. 어디선가 동하가 쪼르르 달려오더니 그 여자에게 안겼다.

"말도 없이 혼자 가버리는 게 어딨냐?"

뒤따라온 동하 친구가 투덜거렸다. 그 여자 뒤로 몸을 숨기며 동하가 메롱을 시전했고, 그 여자가 대신 미안하다고, 이제 집에 가보라고 말했다.

차에서 내린 나는 그 여자와 동하를 지나쳐 비밀번호를 꾹꾹 누르고는 먼저 아파트 안으로 들어왔다. 엘리베이터 쪽으로 가다 돌아보니 두 사람은 여전히 주차 중인 아빠를 기다리고 있었다.

그날 밤이었다. 자다 목이 말라서 깨어났다. 주방으로 가려고 방문을 열었는데 두런두런 말소리가 들렸다. 복도 끝으로 나가보

왔다. 거실 소파에 아빠와 그 여자가 나란히 앉아 맥주를 마시고 있었다. 그 여자가 말했다.

"당분간 큰집에 가지 마. 그렇게 밸도 없는 사람처럼 구니까 우리를 좆밥으로 보는 거잖아. 부모가 멀쩡히 옆에 있는데 애를 그렇게 잡아? 어이가 없어서."

"좆…… 뭐? 그런 말도 알아?"

"알기야 알지. 안 써서 그렇지. 오늘 처음 쓴 거야. 오해하지 마."

"오해하면 나한테도 경찰 부를 거야?"

"이거 왜 이래. 그만 놀려. 아직도 열 받으니까."

"그래도 경찰은 좀 너무했다. 가족인데."

"그게 가족이야? 애 하나 앉혀놓고 어른 둘이 번갈아가며 잡는데 그게 무슨 가족이야? 당신이 직접 보고도 가족이란 말이 나와? 애초에 동이 말은 들을 생각도 없었어. 자기들이 믿는 대로 끼워 맞추려고만 했지."

"그래도 형님인데……"

"당분간 형님 소리도 듣고 싶지 않아. 아닌 말로 동이가 알고 있었다고 쳐. 그래도 그게 동이 잘못이야? 가출 의지가 그렇게 강한데 누가 무슨 수로 막아. 가출할 생각이 안 들게끔 환경을 만들어줘야지. 사람들이 정말 양심도 없어. 자기들 집안 문제에 동이가 무슨 상관이라고. 그게 다 우리가 만만하니까 그런 거야. 당신도 그렇고 나는 더하고. 그런데 나 언제까지 굴러온 돌이어야

해?"

"굴러온 돌이 아니지. 당신은 내가 모셔온 돌이야."

"농담 그만해. 어머니도 그렇고 형님도 그렇고 걸핏하면 굴러
온 돌 취급이잖아. 재혼한 건 당신이나 나나 마찬가진데."

"미안해."

"참 불공평해. 당신은 우리 집안에서 백년손님이고, 나는 당신
집안에서 굴러온 돌이고."

"모셔온 돌이라니까."

"자꾸 농담하면 이 돌머리로 들이받는 수가 있어. 돌 돌 하니까
정말 돌이 된 기분이야."

"미안 미안. 그나저나 동주는 어떡하고 있으려나……"

"그러게…… 가출 신고는 했겠지? 찜질방, 피시방, 만화방 이
런 데 먼저 찾아봐야 하는 거 아냐?"

"내일 나라도 한번 찾아볼까?"

나는 거기까지 듣고 내 방으로 돌아왔다. 마음이 복잡했다. 동
주 언니도 걱정됐고, 그 여자가 한 말도 얼마간 충격적이었다. 재
혼한 건 아빠나 그 여자나 마찬가진데, 아빠는 백년손님이고 그
여자는 굴러온 돌 취급이라는 말 때문이었다. 맞다, 아니다,를 떠
나서 나는 한 번도 생각해보지 않은 문제였다. 만약 그 여자에게
도 자식이 있었다면 내가 그 여자에게 하는 것처럼 아빠를 미워하
고 증오했을까. 아빠가 보기 싫어서 집을 나가버렸을까. 만약 그
런 상황이었다면 아빠는 상처받지 않고 지금처럼 잘 지낼 수 있었

을까.

그날 밤 자다 깬 나는 다시 잠들지 못하고 날이 밝을 때까지 뒤척이기만 했다. 아침이 돼서야 지쳐 잠들었다. 얼핏 밥 먹으라는 소리를 듣기는 했지만 나는 일어나지 못했다.

전화벨 소리에 깨어났다. 어느새 점심 무렵이었다. 집 안이 조용했다. 아빠와 그 여자는 출근했을 테고, 동하도 놀러 나간 모양이었다. 도우미 아주머니는 이틀에 한 번, 오후 한 시에 와서 일곱 시가 되면 퇴근했다. 그사이에 집안일도 하고 국도 끓이고 반찬도 만들었다.

"너 진짜 동주 어디 있는지 모르냐?"

훅 치고 들어오는 목소리, 동혜 언니였다. 동혜 언니는 인사말 따위 집어치우고 용건부터 들이밀었다. 또 시작이다. 나는 한숨을 쉬었다. 나는 언제쯤 큰집의 저주에서 벗어날 수 있을까.

"어, 네가 알 리가 없지. 지금 전화한 거 내 의지 아니다. 엄마가 하도 들볶아서 어쩔 수 없었어."

내 한숨 소리를 들은 듯 동혜 언니가 말했다.

"동주 고건 지 잘난 맛에 사는 애라 누구한테 의논하고 도움 청하고 그런 짓은 절대 안 하지. 너한테도 말했을 리가 없어. 지보다 못한 사람은 무조건 무시하고 보는 앤데. 그래서 이번에 큰코다쳤 잖아. 우리 엄마가 못 배웠어도 눈치가 얼마나 빠른 사람인데. 그렇게 티 나게 돈을 뜯어가도 모를 거라고 생각한 게 바보 같은 거

126

지. 그래서 봐, 온 방을 다 뒤져서 결국 찾아냈잖아. 엄마를 과소평가한 벌을 톡톡히 받은 거야."

"그래서 고소해?"

"고소하지 그럼. 평소에도 얼마나 잘난 척했는데. 우리 집에서 지 혼자만 고고해요. 나머지는 다 속물에다 쓰레기들이고. 사실은 지가 제일 속물이면서. 뒤에서 그렇게 호박씨 까고 있을 줄 상상이나 했겠냐. 그렇게 우리 무시하더니 결과 좀 봐. 큰돈 들고 나갈 수 있는 걸 결국 빈손으로 나갔잖아."

"그러니까 더 걱정이지. 돈도 없는데……"

"다른 계획이 있겠지. 머리 좋은 애니까 어디 가서든 잘 살 거야, 동주는."

그 뒤로도 나는 세 번인가 더 큰어머니의 전화를 받았다. 휴대전화를 꺼놓고 싶어도 집으로 찾아올까 봐 겁이 나서 그러지도 못했다. 내가 큰집의 의심에서 완전히 자유로워질 수 있었던 데는 할머니의 공이 컸다.

여행에서 돌아온 할머니는, 내가 다른 사람을 위해 나 자신을 희생할 정도의 그릇은 아니라고 큰아버지에게 말했다. 할머니가 덧붙였다.

"동이가 어려도 세상 돌아가는 일 알 만큼 알고 영악해. 닭달당할 게 뻔한데 가출할 거 알면서 동주 도와주고 그럴 만큼 착하지를 않아. 지 아비 재혼했다고 그날부로 정 뚝 끊어내는 거 봐라."

그러자 큰아버지는 옳은 소리라며 즉각 수긍했고, 큰어머니는 원망의 대상이 사라지는 게 아쉬웠는지 한참 뜸을 들이다 고개를 끄덕였다. 정말 이상한 논리긴 했지만 어쨌거나 나는 가출 방조 혐의에서 완전히 벗어났다.

사흘이 지나고, 일주일이 지났다. 동주 언니의 행방은 여전히 오리무중이었다. 그동안 큰아버지와 아빠는 찜질방, 피시방, 만화 방 같은 '방' 자 붙은 데는 물론이고 미성년자가 갈 만한 곳, 이를 테면 아이스크림 가게나 편의점, 제과점, 피자 가게, 대형 마트 같은 곳까지도 샅샅이 훑고 다녔다. 그러나 그 어디에서도 동주 언니를 발견하지는 못했다. 주말에는 서울을 벗어나 그 주변 도시로 수색 범위를 넓혔다.

"경기도에 시가 이렇게 많은 줄 처음 알았어."

어느 날 밤 역시 빈손으로 돌아온 아빠가 허탈한 목소리로 중얼 거렸다.

경찰들도 아무런 성과가 없기는 마찬가지였다. 애가 탄 큰어머니가 수시로 전화를 했는데 그럴 때마다 열심히 찾고 있다는 대답만 돌아올 뿐이었다.

동주 언니는 도대체 어디에 있는 것일까.

배낭 하나 달랑 들고 나가서는 어디서 어떻게 지내고 있는 것일까.

● 좀 즐거우면 안 돼?

　방학이 되기 훨씬 전부터 우리는 방학만 하면 수민이의 할머니 집으로 놀러 가자고 약속했었다. 서울에 살던 수민이 할머니는 작년에 제주도로 이사했다. 원래 할머니 고향이 제주도였다. 제주도에서 태어나 결혼 때문에 서울로 오기 전까지 살았다고 했다.

　귤나무가 있는 밭 초입에 할머니 집이 있고, 밭 뒤에는 야트막한 오름(산)이 있으며, 집에서 조금만 걸어가면 바다가 나온다고 했다. 밭과 집, 오름이 모두 할머니 소유였다.

　"작년부터 놀러 오라고 했는데 아빠가 시간이 안 돼서 못 갔어. 나 혼자는 절대 허락 안 해주시고. 올여름에도 아빠는 시간이 안 된대."

　수민이가 말했다. 하지만 올해는 사정이 조금 달랐다. 일단 작년보다 한 살 더 먹었다. 1년 사이에 키가 부쩍 커서 작년처럼 어린애로는 보이지 않았다. 게다가 수민이와 엄마의 갈등이 최고조에 달했다. 수민이가 말도 안 하고 우울해하자 수민이 아빠가 제주도행을 허락했다. 나와 아영이가 함께 가는 조건으로. 수민이 엄마가 공항까지 우리를 데려다주면 할머니가 제주도 공항으로 우리를 마중 나오기로 했다. 티켓에 적힌 대로 탑승구를 찾아가 비행기만 타면 되기에 중간에 길을 잃을 걱정도 없었다.

우리는 꿈에 부풀어 있었다. 우리 인생의 첫 여행이었다. 온 가족이 다 함께 놀러 가는 휴가 같은 건 제외하고 말이다. 이것이야 말로 진짜 여행다운 여행이었다. 게다가 친구들과의 우정 여행이라니.

"이번에 가보고 좋으면 방학 때마다 가자."

우리는 약속했다. 몇 날 며칠 머리를 맞대고 앉아 인터넷으로 제주도의 산과 바다와 동네 들을 검색해서 보았다. 각자 가고 싶은 곳들을 추렸다. 가까운 곳은 우리끼리 가고 먼 곳은 할머니가 동행하기로 했다.

"내가 같이 가는 게 불편하면 택시 대절해줄까?"

할머니가 제안했지만 우리는 괜찮다고 했다. 하루 정도는 할머니와 함께 다녀야 할 것 같았다. 그런 의무감이 들었다. 여행 경비까지 다 대며 우리를 불러주신 할머니에 대한 예의 같은 것이었다.

이렇게 우리는 방학이 되기 전에 이미 다 계획을 세워놓았다. 그리고 마침내 방학을 했다. 나는 먼저 집에 갔다가 열흘쯤 후 할머니 집으로 돌아왔다. 이틀 뒤가 제주도로 떠나기로 한 날이었다.

방학이고 여름이라 손님이 별로 없었지만 할머니는 꼬박꼬박 가게 문을 열었다. 솥 가득 떡볶이를 만들어서는 팔고 남으면 절친들에게 퍼다 주었다. 이웃 가게들에도 돌렸다. 그러느라 쉬지 않고 몸을 움직였다.

"일이라도 붙잡고 있어야지, 안 그러면 걱정이 돼서 내가 먼저 죽을 지경이다."

동주 언니 때문이었다. 여행에서 돌아온 후 할머니는 곧장 큰집으로 달려갔다. 그러나 곧 쫓겨났는데(?) 정신 사나우니 집으로 가 계시라고 큰아버지가 말했다고 했다. 이후로도 할머니가 가도 되냐고 물을 때마다 큰아버지는 집에 계세요, 하고 말했다.

"엄마가 여기 와 있다고 도움될 거 하나도 없어요. 오히려 정신만 사납지. 전화도 좀 그만하시고. 동주 돌아오면 어련히 연락 안 드릴까."

이렇게 싸가지 없는 말을 듣고도 할머니는 큰아버지를 탓하는 대신 도움이 안 되는 자신을 탓했다.

"애 하나도 못 찾고 경찰들은 대체 뭘 하고 있다냐. 말로만 찾는다 하고 손 놓고 있는 거 아니냐. 미성년자라고 지문이 없어서 못 찾는다는 게 말이 되느냐 말이다. 그럼 집 나가는 애들이 다 미성년자지 어른이겠냐. 지문 없어서 못 찾으면 집 나가는 애들은 아무도 못 찾겠다."

이렇게 경찰을 의심하기도 했다. 일이라도 하지 않는다면 자신을 탓하고, 경찰을 의심하고, 동주 언니를 걱정하느라 정말 죽을

지도 몰랐다. 그래서 나는, 나이와 체력에 비해(게다가 여름 아닌가 말이다) 과하게 일하는 할머니를 말리지 못했다.

제주도 출발을 이틀 남겨두고 할머니에게 말했다.

"아빠한테는 비밀로 해줘."

"뭘?"

할머니가 물었다.

"제주도 가는 거."

할머니는 잠시 말이 없었다. 어이가 없다는 표정으로 나를 건너다보기만 했다. 그러나 곧.

"내가 사람 하나는 기똥차게 잘 본다니까. 희생이 다 뭐야, 지언니는 집을 나가서 살았는지 죽었는지도 모르는데 동생이라는 건 그 먼 제주도까지 놀러 갈 생각이나 하고 있고. 지금 온 식구들이 동주 걱정하고 찾아다니느라 초주검이 된 거 안 보이냐. 니가 그러고도 사람 새끼냐."

특별히 화를 내거나 목소리를 높이지는 않았지만 비난 수위는 신랄했다.

"할머니도 허락했잖아."

"그건 동주 일 터지기 전이지."

"그럼 이제 와서 어떡해. 약속이 다 돼 있는데…… 당장 모레가 출발이라서 미룰 수도 없어. 여름 성수기라서 예약이 힘들다고 했단 말이야."

"미루긴 뭘 미뤄. 너만 빠지면 될 걸 갖고."

"그게 안 되니까 문제지. 내가 빠지면 다 못 가. 수민이 아빠도 셋이 가야 한다고 했어. 그 조건으로 허락했다고. 수민이하고 아영이도 분명 안 간다고 할 거야. 두 달 전부터 세운 계획인데 그럼 내가 너무 미안해지잖아."

"핑계 한번 좋다."

예상한 일이지만, 할머니는 내 말을 믿지 않았다. 오히려 비아냥거림의 수위만 높아졌다. 사람 약 올리는 스킬도 몰라보게 향상되었다. 온 식구들이 고통받고 있는데 혼자 웃고 떠들고 즐기는 건 사람 새끼가 아니라고 했고, 사람 새끼가 아닌 나와는 말도 섞기 싫다고 했고, 제주도를 가든 제주도 할애비를 가든 알아서 하라고 했고, 다만 나는 사람 새끼가 아니므로 사람이 먹는 음식을 먹어서는 안 되고 사람이 앉는 의자에 앉아서도 안 된다고 했다. 물론 사람이 자는 침대에 눕는 것도.

"나는 짐승 새끼하고는 겸상 안 한다. 오늘부터는 너 혼자 따로 먹어라. 물론 내 냉장고에는 손도 대지 말고. 식탁도 내 거니까 앉을 생각 말고."

어이가 없었다. 너무 유치해서 대꾸할 말도 생각나지 않았다. 한참 후에야 나는 이렇게 말했다.

"좀 즐거우면 안 돼? 꼭 온 식구가 다 같이 죽을상을 하고 있어야 돼? 그럼 한 사람이 죽으면 다 따라 죽어? 이런 게 가족이야? 그럼 뭐 하루 종일 방구석에 틀어박혀서 이불이라도 뒤집어쓰고 울어? 그래야 사람 새끼 되는 거야?"

그러나 내 옆에는 내 말을 들어줄 사람이 없었다. 할머니는 진작 밖으로 나가버리고 집에는 나 혼자뿐이었다.

홧김에 한 말인 줄 알았다. 원래도 할머니는 헉 소리가 나올 정도로 말이 거칠 때가 많았다. 하지만 말만 그럴 뿐 대개의 경우 속마음은 그렇지 않았다. 말이 거친 것은 습관일 뿐이었다. 이번에도 그럴 거라고 생각했다. 할머니의 반대에도 불구하고 기어이 제주도에 간다니까 화가 나서 독한 말들을 쏟아낸 줄 알았다.

착각이었다. 할머니는 철저하게 나를 무시했다. 눈앞에 있는데도 없는 사람 취급했다. 내게는 한마디도 하지 않았다. 밥도 할머니 혼자 먹었다. 그럴 요량으로 딱 1인분의 음식만 만들었다.

할머니가 그렇게까지 나오자 나도 기분이 상해서 할머니에게 말을 하지 않았다. 가게에도 안 나가고, 집에서 우연히 할머니와 부딪쳐도 못 본 척했다. 밥은 편의점에서 해결했다. 컵라면의 종류가 그렇게 많은 줄 처음 알았다. 아영이네 집에서 밥을 먹기도 했다. 할머니와 냉전 중이라는 걸 안 아영이가 혼자 밥 먹기 심심하다며 자기네 집으로 나를 이끌었다.

할머니가 냉대해도, 말 한마디 걸지 않고 무시해도, 치사하게 밥 가지고 골탕 먹여도 나는 하나도 불편하지 않았다.

그리고 이틀 뒤 제주도로 떠났다.

"어서들 와라. 다들 이쁘고 똘똘하게 생겼네. 반가워."

공항에서 우리를 보자마자 수민이 할머니가 말했다. 목소리는 부드러웠고, 미소는 온화했다. 몸짓 하나하나가 세련되고 기품 있어 보였다. 우리 할머니에게서는 눈을 씻고 찾아봐도 없는 우아함이 수민이 할머니에게는 자연스럽게 배어 있었다.

아영이와 나는 공손하게 인사했다. 그사이 수민이가 한 발 앞으로 나가더니 할머니에게 안겼다. 할머니가 수민이의 뺨을 어루만지고 머리를 쓰다듬고 볼에 뽀뽀했다. 텔레비전에서나 보던 장면이 현실에서 벌어진 데 대해 솔직히 조금 충격받았다. 하지만 곧 이런 것이 진정 할머니와 손녀의 이상적인 관계가 아닌가, 하는 생각이 들었다. 우리 할머니에게서는 결코 나올 수도, 기대할 수도 없는 애정 표현 같은 것 말이다. 애정 표현이 다 뭔가, 자기 말 안 들었다고 손녀 밥도 굶기는 사람이 바로 우리 할머니인데. 나는 혼자 몰래 한숨을 내쉬었다.

수민이 할머니는 우리를 태우고 귤나무 밭에 있다는 집으로 향했다. 짐을 먼저 풀고 근처 식당에서 점심을 먹을 거라고 했다.

"괜찮지?"

수민이 할머니가 물었다. 괜찮고말고. 우리는 네! 하고 참새 새끼들처럼 일제히 대답했다. 마침내 밤잠까지 설치며 학수고대하던 제주도 여행이 시작되었다.

제주도에 도착한 첫날은 점심을 먹은 후 김녕 미로공원에 갔다가 성읍랜드로 이동해서 신나게 카트를 타고 승마도 했다. 직원이 말고삐를 잡고 있는데도 수민이는 무섭다고 징징댔다. 마지막으로 테디베어 뮤지엄까지 구경하고 집으로 향했다.

둘째 날에는 할머니가 빌려놓은 크고 멋진 보트를 타고 바다로 나갔다. 가이드 언니가 우리에게 다이빙 슈트라는 걸 입혀주었다. 그 옷을 입고 우리는 스노클링도 하고 수영도 했다. 그러다 지치면 바다 위에 그냥 누워서 쉬었다. 물살에 몸을 맡긴 채 동동 떠다니며 바라본 하늘은 한없이 높고 맑았다. 보트에서 너무 멀어지면 가이드 언니가 우리를 데리러 왔다.

우리가 바다에서 놀 동안 보트 위에서는 할머니와 선장님이 바비큐 파티를 준비했다. 구운 고기와 소시지를 잔뜩 먹은 우리는 배가 너무 불러서 그물 침대에 누워 숨을 헉헉거렸다. 우리가 쉴 동안 할머니는 선장님과 함께 낚시를 했다. 가이드 언니는 혼자 바다에 들어가 스쿠버다이빙을 즐겼다. 늦은 오후에 우리는 서귀포로 가서 잠수함을 타고 바닷속을 구경한 뒤에야 집으로 돌아갔다.

셋째 날에는 할머니가 운전하는 차를 타고 제주도 전역을 돌았다. 하루 동안 얼마나 많은 곳을 들렀는지 기억나는 곳은 목장과 분화구 그리고 배를 타고 들어간 우도라는 섬뿐이었다. 수민이 할머니는 연세에 비해 체력이 엄청 좋았다. 우리보다 더 좋았다. 늘 우리보다 몇 발짝 앞서 걸었고, 자꾸만 뒤처지는 우리에게 어서 오라고 재촉했다.

"힘들어, 할머니."

수민이가 투덜거리면 할머니가 안타깝다는 듯 말했다.

"보여줄 게 얼마나 많은데 그래. 아직도 한참 남았어."

"겨울방학 때 또 올 거야."

"그땐 그때고. 여름하고 겨울은 또 달라."

"내년 여름방학 때도 오면 되지."

"오늘 다르고 내일 다른 게 세상인데, 올해하고 내년은 또 다르지."

할머니는 뜻을 굽히지 않았다. 손녀에게 하나라도 더 보여주기 위해 잠시도 쉬지 않았다.

다음 날 우리는 제주도 여행의 마지막 일정으로 제주민속촌에 갔다. 할머니를 따라 두 시간 동안 이것저것 구경하며 걸어 다녔다. 그러고는 늦은 점심을 먹은 뒤 서둘러 공항으로 갔다. 할머니는 수민이를 꼭 안으며 겨울방학 때 꼭 오라고, 내년 여름방학 때도 꼭 오라고 거듭 말했다. 그렇게 3박 4일간의 제주도 여행이 끝났다.

수민이나 아영이를 생각해서라도 티 내지 않으려고 노력했지만 여행 내내 내 얼굴 표정이 예전만큼 밝지는 않았던 모양이다. 하루에도 몇 번씩 수민이와 아영이가 내게 어디 아프냐고 물었다. 아니라고 해도 완전히 믿지는 않았다. 그 뒤로도 계속 괜찮냐고 물었으니까. 하지만 나는 수민이가 그런 생각까지 하는 줄은 몰랐다. 내 눈치를 본 것도.

비행기에 타서 10분쯤 지났을까, 나를 힐끔거리며 뭔가를 망설이는 듯하던 수민이가 조심스럽게 말을 꺼냈다.

"우리 할머니 때문이야?"

"응? 뭐가?"

"재미없었던 거. 우리끼리 놀자고 해놓고 4일 내내 할머니랑 같이 있었잖아. 우리는 한군데서 천천히 오래 놀고 싶은데 할머니가 막 여기저기 데리고 다니고."

수민이의 표정이 어두웠다. 나는 손사래를 치며 얼른 말했다.

"무슨 소리야? 나 재밌었는데?"

"거짓말. 얼굴이 다 말해주는데 뭘."

"진짜야. 재밌었어. 할머니랑 같이 다니는 것도 좋았어. 우리 위해서 배까지 빌려주시고."

"아마 불편했을 거야. 인정. 처음 보는 어른이 계속 따라다니면 나라도 불편했겠다. 다음 방학 땐 우리끼리 놀겠다고 할게. 겨울에도 갈 거지?"

내가 손까지 내저으며 말했지만 수민이는 내 말을 믿지 않았다.

"보기보다 예민하네, 이수민. 너 부잣집 철없는 막내 따님 캐릭터 아니었어?"

"나도 느꼈는데…… 좀 우울해 보이기는 했어."

아영이가 말했다. 난감했다.

"우리 제주도 오기 전에는 엄청 들떠 있었잖아. 그런데 막상 와서는 재미없어 하니까. 이유가 뭐겠어, 우리 할머니 때문이겠지."

수민이는 단단히 오해하고 있었다. 오해를 풀기 위해서라도 사실대로 말할 수밖에 없었다. 아이들이 아프냐고 물어볼 때마다 솔직히 다 털어놓고 싶었다. 지금까지 말하지 못한 건 비정하다고 생각할까 봐, 그게 두려워서였다.

나는 동주 언니의 가출 사실을 털어놓았다. 이번 제주도 여행 때문에 할머니와 틀어지게 되었다는 것도.

"우리 할머니가 나보고 사람 새끼가 아니래. 가족이 집을 나가서 살았는지 죽었는지도 모르는데 놀러 간다고 짐승 새끼래. 그래도 놀고 싶은 걸 어떡해. 약속도 지켜야 하고. 우리 첫 여행인데 나 때문에 망칠 수는 없잖아. 재밌게 잘 놀 수 있을 줄 알았는데…… 할머니 말이 자꾸 생각나서…… 죄책감도 들고."

"진작 말하지 그랬어!"

그제야 기세등등해진 수민이가 내 어깨를 퍽! 치며 말했다.

"피도 눈물도 없다고 욕할까 봐."

"에이 씨…… 차라리 그게 낫겠다. 우리가 그럴 리도 없지만 네가 욕 한번 먹고 마는 게 낫지, 내가 너 눈치를 얼마나 본 줄 아냐."

"미안해. 네가 그런 생각 하는 줄 진짜 몰랐어."

"둔한 건 내가 아니라 너야."

"분위기 망칠까 봐 말 안 했겠지."

조용히 듣고 있던 아영이가 나를 두둔했다.

"김아영, 또 천사 코스프레. 너도 재수 없어."

수민이가 투덜거리자 아영이가 소리 없이 웃었다.

"너희들한테 정말 미안하다. 진작 사실대로 털어놓았으면 쓸데없는 오해는 안 했을 텐데. 그런데 나 좀 많이 이기적인가? 솔직하게 말해줘."

그때 비행기가 천천히 움직이기 시작했다. 긴장한 듯 아영이가 좌석 팔걸이를 움켜잡았다.

"아니, 전혀. 사촌 언니는 사촌 언니고 너는 너지. 친언니도 아닌데 뭘."

생각하고 말고 할 것도 없이 수민이가 즉각 대답했다.

"할머니 마음도 이해는 가. 사촌 언니도 너도 할머니한테는 다 같은 손녀니까."

"또 또 천사 코스프레. 난 할머니가 전혀 이해 안 되는데? 사촌 언니는 납치된 게 아니라 스스로 가출한 거야. 그런 사촌 언니 때문에 동이가 왜 욕을 먹어야 해. 이건 분명한 차별이야. 다 같은 손녀면 동이한테도 짐승 새끼라고 하면 안 되지."

비행기가 곧 맹렬한 속도로 활주로를 질주하더니 순식간에 하늘로 떠올랐다.

"말이 좀 심하긴 했어."

아영이도 결국 수긍했다. 의기양양해진 수민이가 창밖을 내다보며 구름이다, 하고 말했다. 비행기는 어느새 구름 속에 들어와 있었다. 창밖이 온통 뿌옇다.

"나 전에 텔레비전에서 본 적 있는데…… 가출팸이라고……
설마 그런 데 들어간 건 아니겠지……?"

비행기가 구름 속을 뚫고 날아올라 마침내 수평이 되었을 때 아
영이가 그렇게 중얼거렸다.

*

이튿날 오전에 우리는 아영이네 집에 모였다. 동주 언니는 아직
돌아오지 않았고, 큰아버지와 아빠의 노력을 비웃기라도 하듯 행
방 역시 오리무중이었다. 할머니의 냉대도 여전했다. 할머니와 다
툰 지 6일이나 지났지만 변한 것은 아무것도 없었다.

"가출팸…… 그게 뭔데?"

전날 아영이가 가출팸 얘기를 꺼냈을 때 수민이가 고개를 갸웃
거리며 물었다.

"가출한 애들이, 혼자 살기에는 경제적으로 어려우니까, 가출
팸을 만들어서, 그러니까 가출한 애들끼리 가족을 이뤄서 함께 산
다는 거 같아. 텔레비전에서 봤는데 확실하지는 않아."

"가족? 그럼 엄마도 있고 아빠도 있는 거야?"

"엄마 역할, 아빠 역할이 있는 거겠지. 실제로 엄마 아빠가 있
는 게 아니라."

"돈은 누가 벌어와? 아빠 역할?"

"자세히는 모르겠어. 훔치기도 하고 뺏기도 하고 그런다는 것

같던데."

"동이 사촌 언니가 그런다는 거야?"

"그냥 혹시나 해서…… 예전에 본 게 그냥 생각났어."

"가출팸이라는 건 어떻게 만드는데?"

내가 물었다. 동주 언니는 친구들에게도 도움을 청하지 않았다. 가진 돈도 없었다. 2천만 원이 넘을 거라는 통장은 큰어머니에게 압수당했다.

"그건 나도 몰라."

"검색해보자."

수민이가 말했지만 당장은 곤란했다. 비행기 안에서는 절대 휴대전화를 켜지 말라고 수민이 할머니가 신신당부했었다. 전파 방해 그런 걸로 사고가 날 수도 있다고 했다. 사고라는 단어만 들어도 겁이 덜컥 나서 우리는 일찌감치 전화기를 끈 뒤 가방에 넣어두었다.

"내일 우리 집에서 모일래? 열 시에 엄마 출근하니까 집에 아무도 없어."

아영이가 말했다. 그러는 수밖에 없었다. 서울에 도착하면 저녁이었다. 우선은 각자의 집으로 돌아가야 했다.

아영이가 에어컨을 켰다. 선풍기도 두 대나 가져와서 켰다. 바람 많은 제주도에 있다 와서 그런지 서울이 더 덥게 느껴졌다.

"뭐라고 검색하지?"

수민이가 물었다. 아영이가 주스 세 잔을 쟁반에 받쳐 들고 왔다.

"일단 가출팸이라고 해보자."

내가 말했다. 휴대전화 검색창에다 토독토독 글자를 찍어 넣고 있는데 아영이가 제 방에서 노트북을 들고 나왔다.

"이걸로 해. 큰 화면으로 다 같이 보게. 각자 검색하는 것보다 이게 낫지 않을까 싶은데."

나는 아영이가 가져다준 노트북의 인터넷 창을 열고 '가출팸'이라고 적어 넣었다. 그러자 가출팸에 들어가는 방법을 알려달라는 지식인 질문이 우르르 떴다.

"가출팸이란 게 진짜 있었네……"

수민이가 중얼거렸다. 질문 중 하나를 클릭했다. 청소년상담센터에서 단 답글이 보였다. 가출을 다시 생각하라고 했다. 그래도 정 가출을 할 계획이면 청소년 쉼터로 오라는 내용이었다. 쉼터로 오면 먹여주고 재워주고 상담도 해주고 원한다면 아르바이트도 주선해준다고 했다.

"이야, 여기 좋네. 엄마랑 만날 싸우느니 차라리 쉼터로 갈까?"

수민이 말하자 아영이가 어이없다는 듯 웃었다.

다른 글을 클릭했다. 역시 상담센터에서 단 답글이었고, 내용은 토씨 하나 다르지 않고 처음에 본 것과 똑같았다. 몇 페이지 뒤로 넘겨 또 다른 글을 클릭해보았다. 마침내 원하는 답변이 나왔다.

"가출을 원하……시는군요. 가출팸은…… 권하고 싶지 않지만 일단 답변은…… 드리겠습니다. 가출팸은 대부분…… 채팅……

사이트나 채팅…… 앱을 통해 만남이…… 이루어집니다. 나이
나 성별 같은 정보를…… 먼저 주고받고…… 대충 맞겠다 싶으
면…… 오프에서 만나…… 가족을 이루어…… 함께…… 살게 됩
니다. 채택…… 꼭 부탁드립니다.”

수민이가 웅얼거리며 소리 내어 읽었다.

“너 한글 제대로 못 읽지?”

내가 놀렸다.

“아냐! 너도 옆에서 봐봐. 글자가 잘 안 보여서 그래!”

수민이가 얼굴까지 벌게지며 발끈했다.

“어쨌든 채팅을 통해서 만난다는 거네.”

아영이가 한마디로 정리했다. 나는 첫 페이지로 돌아가서 지식
백과에 있는 ‘가출팸’을 클릭했다. 가출팸이 정확하게 무슨 뜻이
고, 청소년들이 어디서 어떻게 모여 산다는 것인지 궁금했다. 그
리고 몇 초 뒤 나는 경악했다.

“성매매!”

이번엔 눈으로만 글을 읽어 내려가던 수민이가 깜짝 놀라 소리
쳤다.

“야! 이거 큰일 아니냐!”

“감금이나 구타하는 경우도 있다는데…… 내가 알고 있던 것보
다 훨씬 더 심각하네.”

아영이가 중얼거렸다.

“어떡하지? 진짜로 가출팸에 들어갔으면 어떡하지? 돈도 없고

친구들한테도 연락 안 했다는데."

나는 안절부절못했다. 전화기를 쥐었다가 내려놓았다가를 반복했다. 가출팸들은 주로 모텔에서 산다고 나와 있었다. 큰아버지와 아빠가 아직까지도 동주 언니를 못 찾은 게 꼭 이것 때문인 것만 같았다. 모텔이 아닌 찜질방, 피시방, 만화방 이런 곳들만 찾아다녀서.

"어른들에게 알려야겠지?"

내가 물었다.

"당연하지."

수민이의 대답은 명쾌했다. 아영이도 찬성했다.

"이제부터는 모텔 쪽으로 찾아보라고 말씀드려. 애들이 모여 살면 티가 날 테니까."

나는 전화기를 들었다.

"잠깐만, 동이야."

아영이가 얼른 내 팔을 잡았다.

"사촌 언니 공부도 잘하고 똑똑하다고 하지 않았어?"

"맞아. 공부 잘하고 똑똑해. 그런데 왜?"

"가출팸에 안 들어갔을 수도 있을 거 같아서. 검색 한 번만 해봐도 뭐 하는 덴지 다 나오는데 설마……"

"거기 들어가는 애들은 그럼 뭐 바보라서 그러냐. 돈 없고 잘 데 없으니까 어쩔 수 없이 들어가는 거지."

수민이가 말했다. 그리고 나는…… 아영이의 말을 들을수록 더 불안해졌다. 불길했다. 동주 언니는 자신을 특별한 사람으로 생각하는 경향이 있었다. 남들보다 뛰어나고, 남들보다 지략적이며, 남들보다 성숙한 사람. 그걸 증명이라도 하려는 듯 동주 언니는 자신을 잘 숨겼다. 큰아버지에게 자신을 연약하고 소심한 딸의 이미지로 만들었듯. 친구들에게는 이성적이지만 냉정하지는 않고, 자기 주관이 뚜렷하지만 배려심도 깊은 이미지로 만들었듯. 그리고 무엇이든 잘 참았다. 배고픔도, 고통도. 한 번은 3일 동안 잠을 자지 않았다. 4일 동안 굶은 적도 있었다. 한겨울에 담요 한 장 뒤집어쓰고 베란다에서 밤을 보내기도 했다. 스스로 자신에게 고통을 가했고, 때때로 그 고통을 극한까지 밀어붙였다. 그런 고통이 자신을 남들과는 다른 사람으로 만들어준다고 생각하는 것 같았다. 마치 고통 속에서 완성되는 성자들처럼.

"아냐…… 불안해…… 불길해…… 알면서도 들어갔을 수도 있어. 자신은 안 그럴 거라고 철석같이 믿으면서. 오히려 사촌 언니가 리더가 돼서 팸을 조직했을 수도 있어. 충분히 그러고도 남을 사람이야."

더 이상 망설일 시간이 없었다. 나는 전화기를 집어 들었다. 1번을 꾸욱 누르자 잠시 후 아빠 목소리가 들렸다.

*

나는 설명했고, 아빠는 들었다. 아빠의 호흡이 점점 거칠어졌다. 또각또각, 컴퓨터 자판을 치는 소리도 들렸다. 내 말을 들으며 검색해보는 것 같았다. 마지막으로 내가 덧붙였다. 이건 하나의 가정일 뿐이라고. 가능성 있는 가설일 뿐이지 사실이 아닐 수도 있다고. 이제 웬만한 찜질방은 다 돌지 않았느냐고. 그래도 못 찾았으니 이제 모텔로 그 범위를 넓혀보는 게 어떻겠냐고. 조심스럽게 의견을 꺼냈다.

가정이니 가설이니 굳이 강조한 건 물론 책임 회피용이었다. 모텔을 다 돌고도 동주 언니를 못 찾았을 때 큰아버지가 어떻게 나올지 알 수 없었다. 너 때문에 시간을 낭비했다며 아빠를 원망할지도 몰랐다.

또 하나는 가출팸 얘기를 꺼냈을 때 큰아버지가 보일 반응이 두려워서였다. 동주 언니는 큰아버지가 가장 신뢰하고 사랑하는 딸이었다. 가출 이후에도 신뢰에 크게 금이 가지는 않았고, 어딘가에 무사히 잘 있으리라고 믿었다. 불량 청소년 시절을 거친 동혜 언니나 지금도 불량 청소년인 동우 오빠와는 질적으로 다르다고 생각했다. 그래서 동주 언니를 찾으러 다니면서도 술집이나 미성년자 출입 금지인 곳은 제외했다. 한마디로 큰아버지가 보기에 덜 불건전해 보이는 곳으로만 다닌 것이다. 그런 큰아버지에게 모텔, 절도, 구걸, 성매매 같은 단어가 주렁주렁 달린 가출팸 얘기를 꺼내는 게 쉽겠는가 말이다. 그러니 최대한 조심스럽게 접근할 수밖에 없었다.

나와 통화를 마친 아빠는 즉각 큰아버지에게 연락했다. 큰아버

지는 예상대로 한바탕 화를 낸 뒤(우리 동주를 어떻게 보고!) 마지
못해하며 동혜 언니에게 전화했다. 동혜 언니가 직접 가출한 적은
없지만 언니 주위에는 가출 경험이 있는 친구들이 많았다.

"가출팸에 대해서 들어본 적 있냐?"

큰아버지가 묻자 동혜 언니가 술술 대답했다. 가출한 친구들 중
대부분이 가출팸 경험이 있어서 동혜 언니는 잘 알고 있었다. 어
쩌면 아영이가 봤다는 그 시사 프로그램 피디보다도 더 자세히.
더 내밀하게.

들도 보도 못 한 가출팸이란 게 청소년들 사이에서는 이렇게 유
행이라니, 큰아버지는 1차로 충격을 받았다.

"그럼 거기서 성매매라는 것도 시키냐?"

성매매라는 단어를 말할 때 큰아버지의 목소리가 약간 떨렸다.

"시키는 데도 있고 자발적으로 하는 데도 있어. 훔치고 뺏는 것
보다 훨씬 쉽고 편하거든. 잡힐 위험도 적고."

동혜 언니가 너무나 태연하게 대답하는 데 큰아버지는 2차로
충격을 받았다.

"그깐 걸 왜 해! 그게 창녀랑 뭐가 다르냐!"

"그럼 뭘로 돈 벌어? 가출한 애들은 알바도 안 써줘. 언제 돈 훔
쳐서 튈지 모르니까."

"뭐야! 그럼 뭘로 돈 버냐고? 이 미친것들이!"

급기야 큰아버지가 폭발했다. 인천 쪽 찜질방들을 훑던 큰아버
지는 즉시 서울로 돌아왔고, 큰아버지의 명을 받은 동혜 언니는

예전 친구들과 현재 친구들과 학교 친구들을 대상으로 아르바이트 인력을 대대적으로 모집했다. 40명가량이 순식간에 지원했다. 큰아버지는 그 사람들을 공장 앞마당에 모아놓고 동주 언니를 찾는 사람에게는 일당과는 별개로 큰 상금을 내리겠다고 공표했다.

두 명씩 짝을 지어 스무 개 팀을 만들었다. 각 팀에는 서울의 자치구 하나씩이 배당되었다. 다섯 개 자치구가 남았다. 큰아버지는 각 부서의 젊은 직원들을 차출해 팀 다섯 개를 더 꾸렸다.

"쌍끌이라고 알지? 본인이 맡은 지역의 모텔이란 모텔은 하나도 빼놓지 말고 싹, 전부, 모조리 훑는다! 최대한 빨리!"

큰아버지의 해산 명령에 맞춰 사람들은 각자 동주 언니의 사진을 손에 들고 자신이 맡은 구를 향해 흩어졌다. 아니, 일단은 지하철역으로.

다음 날 내가 이 얘기를 해주자 수민이가 우아, 하며 감탄했다.

"역시 회사를 운영하시는 분이라 뭐가 달라도 다르네. 완전 조직적이고 체계적이야."

존경의 눈빛으로 치켜세우기까지 했다.

"아직 성과는 없어."

내가 찬물을 끼얹었다.

"이제 하루 지난걸 뭐."

말은 그렇게 하면서도 수민이의 표정은 눈에 띄게 시무룩해졌다.

"우리도 좀 알아볼까?"

아영이가 말했다.

"어떻게?"

내가 물었고,

"팸이라는 거 한군데 계속 있는 경우도 있지만 대부분은 이곳저곳으로 옮겨 다닌대. 자기랑 딱 맞는 팸 찾기가 쉽지는 않을 테니까."

"그래서 어떻게?"

수민이가 재촉했다.

"팸 구하는 애들이랑 채팅해서 물어보는 거야. 생김새나 특징 같은 거 설명해주고 이런 사람 본 적 있냐고."

"사실대로 말해줄까?"

"밑져야 본전이니까. 걔들한테 피해가 가는 것도 아니고."

"이거 완전 서울에서 김 서방 찾기 같은데."

내가 무심결에 중얼거리자 수민이가 니네 할머니 오신 줄 알았어, 하며 핀잔을 주었다. 학교에서도 종종 듣는 소리였다. 할머니랑 살아서 그런지 쓰는 단어나 속담 들이 점점 할머니를 닮아가고 있었다.

"그렇게 비관적이야?"

아영이가 물었다.

"그래도 안 하는 것보단 낫겠지 뭐."

수민이가 아영이 어깨를 토닥이며 위로했다.

"어제 자려고 누웠는데 문득 이런 생각이 들었어."

내가 말했다. 어젯밤 나는 불을 끈 채 침대에 누워 천장을 바라보고 있었다. 특별히 뭘 생각한 건 아니었다. 그냥 낮에 있었던 일들이 자연스럽게 떠올랐다가 사라지고는 했다. 그러다 문득 이런 의문이 들었다. 만약 동주 언니가 가출팸에 들어간 게 아니라면? 그래서 큰아버지가 이 시간까지도 동주 언니를 못 찾는 거라면?

"쉼터에 있을 가능성은 없을까? 지식인 질문에 청소년상담센터에서 답글 많이 달았잖아. 가출팸 말고 쉼터로 오라고. 사촌 언니도 가출팸으로 검색했으면 그 글들 분명 봤겠지. 안 그래?"

"그거 복붙했다고 내가 비웃었는데."

수민이가 말했다. 수민이뿐만 아니라 실은 나도 어이없었다. 가출팸에 관한 질문 글마다 몇 페이지에 걸쳐 똑같은 내용의, 그것도 장문의 글을 복사해서 붙여놓은 것 때문에. 토씨 하나 안 바뀌네, 이렇게 긴 글을 누가 읽어, 우리가 투덜거렸다.

"그런데 동주 언니라면 읽었을 수도 있을 것 같아. 원래 책 읽는 거 좋아하거든."

"어쨌든 가능성은 있지. 말 그대로 가능성이니까."

다행스럽게도 아영이가 내 말에 동조해주었다.

"그럼 이건 또 어떻게 알아보냐. 또 알바 써?"

뭔가가 언짢은 듯 수민이가 얼굴을 찌푸리며 말했다.

"모텔하고는 다르지. 인터넷에 청소년상담센터나 쉼터로 검색하면 쭉 뜰걸?"

"전화해서 물어보면 되겠다."

"팩스로 사진 보내서 확인해달라고 하는 게 더 정확하지 않을까?"

"오오, 그러면 되겠네."

"그런데 본인이 비밀로 해달라고 했으면 안 알려주는 거 아냐? 어제 상담센터 글에서 비밀 보장 이런 것도 본 거 같은데……"

"무조건 졸라야지. 끝까지 안 알려주는 데는 직접 찾아가고."

아영이와 내가 의견을 주고받는 동안 수민이는 왠지 뚱한 얼굴로 앉아 있었다. 왜 그러냐고 물었더니 대답이 가관이었다.

"김이 팍 샜어. 모텔에서 잡혀야 더 극적이고 흥미진진한데."

어이가 없어서 아영이와 나는 서로 마주 보며 한숨을 쉬었다.

"거봐, 내 말 맞지? 딱 철없는 부잣집 막내 따님 캐릭터."

"그러네. 맞네."

아영이가 고개까지 끄덕이며 격하게 동의했다.

*

상담센터와 쉼터 쪽은 큰어머니가 맡아서 알아보기로 했다고 아빠가 전해주었다.

"알바 쓸 거 없이 회원 아줌마들 동원하면 되겠네."

큰어머니는 네 개인가 다섯 개인가의 모임 회장이었다. 그 회원들만 모아도 큰아버지의 모텔 부대보다 많을 것 같았다.

"지금 막 아르바이트 모집 광고 냈어."

"왜? 회원 아줌마들이 안 도와주나?"

"그게…… 집안 망신이라고. 회원들은 다 아는 사람들이잖아. 소문나면 동주한테도 좋을 거 없고."

그런가. 그럴 수도 있겠다.

"고맙다, 동이야."

잠시 뜸을 들이다가 아빠가 말했다. 잠시 생각하다가 나도 말했다.

"나도 고마워. 내 의견 무시 안 해줘서."

"내가 더 고맙다. 네가 동주 걱정을 이렇게 하는 줄 몰랐어. 참, 제주도는 잘 갔다 왔니?"

"어…… 어."

"그럼 됐다. 방학 끝나기 전에 집에 한 번 더 와."

나는 전화를 끊었다. 제주도 간 걸 알고 있었구나. 아아 할머니. 제주도 때문에 아직도 냉전 중이지만 그래도 비밀은 지켜줄 거라고 믿었는데. 이건 배신이야, 할머니. 우리끼리는 아무리 치고받고 저주를 퍼부어도 지켜야 할 선은 있다고.

화가 나서 부들거리는데 때마침 할머니에게서 전화가 왔다. 지금 친구들 데리고 집으로 오라고 했다. 왜냐고 물어도 와보면 안다는 말만 하고는 일방적으로 전화를 끊었다.

"무슨 일이지?"

"우리 뭐 잘못한 거 있나?"

"모르겠는데."

수민이도 아영이도 어리둥절해했다. 또 뭐가 마음에 안 들기에 친구들까지 부르는 것일까.

"얼마나 혼내려고 가게도 아니고 집으로 오래."

내가 투덜거렸다. 그러자 수민이가 말했다.

"이거 남북 정상회담급 아니냐? 드디어 냉전 종식."

"냉전 종식은커녕 새로운 전쟁이 시작될 것만 같은 불길한 예감이 드는 건 왜일까?"

"그래? 그럼 너 혼자 가라."

"이 배신자!"

안 가겠다고 버티는 수민이까지 기어이 끌고 집으로 갔다. 할머니가 친구들을 데리고 오라고 하기도 했지만 그보다는 방패막이로 쓰려는 이유가 더 컸다. 아무래도 친구들이 있으면 체면 때문에라도 험한 말을 덜 할 테니까.

나는 현관문 앞에서 심호흡을 했다. 그러고는 비밀번호를 누르는 대신 초인종을 눌렀다. 안에 할머니가 있었다. 왠지 집주인처럼 비밀번호를 누르고 당당하게 들어가는 게 눈치 보였다. 엄밀하게 말하면 이 집은 할머니 혼자만의 집이었고, 나는 얹혀사는 식객에 불과했다. 할머니가 나를 짐승 새끼 취급하면서 나는 내가 단지 식객에 불과하다는 것을 더 절실히 깨달았다. 집 안에 내 것이라곤 오로지 가방이나 옷 같은 내 물건들뿐이었다. 그래서 내 마음대로 할 수 있는 게 아무것도 없었다. 할머니가 집에 없을 때에도 나는 물건들을 건드리지 않았다. 식탁도 소파도 텔레비전도 아무것도. 할머니뿐 아니라 집 안의 물건들에조차 눈치가 보였다.

초인종을 누른 지 한참이 지나서야 할머니가 문을 열어주었다. 우리는 서로 먼저 들어가라며 등을 떠밀었다. 결국 수민이가 앞장섰다. 집 안으로 들어서자마자 가장 먼저 우리를 맞이한 건 냄새였다. 고소하고 달큰하고 맛있는 냄새.

"어서들 오거라."

그다음으로 우리를 맞이한 건 평소와 다르지 않은 할머니 목소리였다. 짐승 새끼 취급 이전의, 하도 오래돼서 잊어먹을 뻔한 그 목소리 말이다. 혼내려고 부른 게 아닌가? 의아했다.

"우아! 이게 다 뭐예요? 할머니가 다 만든 거예요? 우리 뭐 잘못해서 부른 거 아니었어요?"

먼저 들어간 수민이가 호들갑을 떨었다. 화장실과 방을 지나 거실로 갔다. 내 눈을 믿을 수가 없었다. 거실 가운데에 상이 차려져 있었다. 아주 화려한 상이.

"치킨, 피자, 족발, 잡채, 불고기! 이거 우리가 먹어요?"

새삼스러운 음식도 아닌데 수민이는 과하게 흥분했다. 어제도 치킨 먹었다고 자랑했으면서. 살찔까 봐 못 먹지, 돈 없어서 못 먹는 것도 아닌데.

"그래. 많이들 먹거라."

"어쩐지 엘리베이터 안에 고소한 냄새가 가득하더라고요. 이 녀석들 때문이었구나."

수민이 말에 할머니가 콧소리를 내며 실소했다.

"셋이서 이 많은 걸 어떻게 다 먹으라고."

나는 여전히 퉁명스러웠다.

"남기면 되지. 누가 억지로 꾸역꾸역 쑤셔 넣으라냐."

"그런데 이유가 뭐야? 갑자기."

"해줘도 지랄이냐? 동주도 곧 찾을 거 같고…… 넌 먹든 말든 알아서 하고, 아영이도 이리 와서 앉거라. 난 가게 간다."

가게에 손님도 없으면서 할머니는 서둘러 밖으로 나갔다. 아영이가 내 등을 밀어 상 앞에 앉혔다. 수민이는 벌써 피자 한 조각을 입안으로 욱여넣고 있었다. 아영이도 자리에 앉자마자 닭다리를 집어 들었다. 실은 나도 배가 고팠다. 저녁 시간이 다가오기도 했고, 점심이 부족하기도 했다. 아니 그보다는, 요즘 들어 이상하게 시도 때도 없이 배가 고팠다. 먹고 한두 시간 지나면 배 속이 허전했다. 키가 그대로인 걸 보면 아마 애정 결핍 때문일지도 몰랐다.

"그런데 할머니는 이거 왜 먹으라고 차려주신 거야?"

닭다리 하나를 다 먹은 뒤 아영이가 물었다. 나는 불고기를 집으며 고개를 저었다.

"어쨌든 내 말 맞잖아. 냉전 종식."

"이러고 뒤통수치는 게 우리 할머니라니까."

"손녀분 금방 찾을 것 같아서 기분 좋으신가 봐. 그래서 한턱 쏘시는 거 아냐? 너랑 화해도 할 겸."

듣고 보니 아영이 말이 맞는 것 같았다. 동주 언니만 찾으면 굳이 나랑 싸울 이유가 없으니까. 이렇게 많이 차린 걸 보면 그동안

차갑게 대했던 게 미안하긴 했나 보다. 칫, 냉장고에 손도 대지 말
라고 할 땐 언제고. 쉽게 화해하나 봐라. 가게 심부름도 안 해줄
것이다, 정식으로 사과하기 전에는. 두루뭉술 애매모호한 이딴 식
말고 할머니 입으로 직접 미안하다고 말하기 전에는 국물도 없다.

● (배)고프니까 청춘이다

금방 찾을 것 같던 동주 언니는 그러나 며칠이 지나도 여전히 오리무중이었다. 큰아버지의 모텔 부대는 서울을 모조리 훑은 뒤 경기도로 수색 범위를 넓혔다. 큰어머니의 쉼터 부대도 열심히 전화하고 팩스를 보냈지만 아직 성과가 없었다.

동우 오빠는 결국 자퇴를 한 뒤 검정고시를 보기로 했다. 큰아버지의 결정이었다. 서울의 어느 고등학교에서도 동우 오빠를 받아주지 않았다. 지방이라면 가능성이 있었지만 그건 큰아버지가 반대했다.

"가뜩이나 사고 치는 놈, 내 감시까지 없어봐라. 아예 인생 조지고 말 거다."

동우 오빠도 서울에 남기를 원했다. 집은 싫었지만 함께 사고 칠 친구들이 모두 서울에 있었다. 그 친구들이 없다면 아무리 자유로워봤자 소용없다고 했다.

"큰아버지가 등록한 학원 엄청 빡빡하다던데."

내가 걱정하자 동우 오빠가 싱긋 웃으며 걱정 말라고 했다. 어디든 빠져나갈 구멍은 다 있기 마련이라고.

개학을 이틀 남겨두고 우리는 보드를 배우기 시작했다. 진작부터 수민이가 같이 배우자고 졸랐지만 아영이도 나도 처음엔 시큰둥했다.

"엄청 재밌대. 자전거보다 스릴도 있고."

수민이는 엄마가 운동시킨다며 억지로 끌고 간 한강에서 보드 타는 사람들을 보고는 보드의 매력에 푹 빠졌다. 그때부터 우리를 조르기 시작했다. 혼자 배우라고 해도 같이 타야 더 재밌다며 고집을 꺾지 않았다.

"나 어차피 운동해야 돼. 살 안 빼면 엄마가 용돈 안 준대서. 이왕 운동할 거면 보드로 하고 싶어. 나 좀 도와줘, 얘들아."

수민이는 벌써 몇 달째 살 때문에 엄마에게 시달림을 당해왔다. 공부도 못하는 애가 살까지 찌면 어떡하냐고 잔소리하는 것을 우리도 종종 들었다. 수민이 엄마는 수민의 공부는 포기했다. 그러나 다이어트는 포기하지 않았다. 공부는 엄마가 대신해줄 수 없지만(수민이 머리가 좋았다면 얘기가 달랐겠지만) 다이어트는 그렇지 않다고 생각하는 것 같았다. 움직이기 싫어하는 수민이를 억지로 끌고 다녔다. 그러나 수민이는 날씬하지도 않지만 그렇다고 뚱뚱하지도 않은, 평범한 중학생의 평균에 가까운 몸매일 뿐이었다.

우리가 보기에는 수민이 엄마가 지나치게 마른 몸에 집착한다고
생각할 수밖에 없었다.

"나랑 한강 한 번만 가보자. 직접 가서 보면 생각이 달라질 거
야. 진짜 멋있어. 소원이야."

수민이가 애원했다. 운동이라면 질색하는 수민이었는데, 그나
마 하고 싶은 거라도 생겨서 다행이라는 생각이 들었다. 동시에
신기했다. 도대체 보드가 뭐기에. 우리는 다 함께 한강으로 갔다.
그 정도야 뭐 어려울 것도 없었다. 10분만 걸어가면 나오니까.

수민이 말대로 한강에는 보드 타는 사람들이 많았다. 이제 막
시작한 초보자에서부터 자전거만큼 빨리 달리는 사람들까지. 스
케이트보드 파크에는 좌우로 왔다 갔다 하며 묘기를 부리거나 턴
같은 기술을 익히는 보더들도 꽤 있었다. 우리는 바닥에 쪼그리고
앉아 구경했다.

"저 사람들은 안 더운가. 난 가만히 있어도 땀이 나는데."

아영이가 중얼거렸다. 그러자 수민이가 신나서 설명했다.

"저런 게 바로 열정이라는 거지. 기술 한번 성공하면 쾌감도 있
고. 게다가 달리면 기분도 상쾌하고 오히려 덜 덥대. 우리한테 딱
이지."

"왜 우리한테 딱이라는 거야?"

아영이가 물었다.

"열정! 쾌감! 질주에서 오는 상쾌함! 우리한테 필요한 것들!
우리는 너무 우중충하게 살고 있어. 꿈도 없고! 젊음을 낭비하고

있다고!"

"너 지금 시에프 찍냐?"

그렇게 말하며 아영이가 어이없다는 듯 웃었다.

"시에프처럼 사는 삶! 얼마나 멋져."

아영이는 여전히 시큰둥해했지만 나는 점점 보드의 매력에 빠져들고 있었다. 수민이 말대로 보드 타는 사람들이 멋져 보였다. 잘 타는 사람들이 부러웠다. 나도 잘 타고 싶다는 욕망이 생겼다. 그러나 문제는,

"얼마쯤 해, 보드?"

내가 물었다. 문제는 돈이었다.

"싼 건 몇만 원 하고 비싼 건 엄청 비싸. 몇십만 원 정도."

"미안하지만 돈이 없어서 안 되겠다."

나는 금방 포기했다. 내가 처한 현실이 포기를 빠르게 만들어주었다.

"아빠한테 사달라고 하면 되잖아."

"말하기 싫어. 분명 할머니 귀에도 들어갈 거야. 우리 할머니 봤지? 제주도 간다고 밥도 안 주는데 이번엔 진짜로 쫓아낼지도 몰라."

"그 사촌 언니 때문에?"

"응. 찾기 전엔 아무것도 못 해."

나는 한숨을 쉬었다. 그러자 아영이와 수민이도 따라 쉬었다. 수민이가 내 얼굴을 힐끗 보더니 말했다.

"너네 집안사람들 좀 이상한 것 같아. 아니, 내 말은…… 네가 제주도 안 가고 보드 안 탄다고 사촌 언니가 돌아오는 것도 아닌데 너무…… 개인의 자유를 억압한달까. 마치 전체주의 같아."

"응 맞아. 엄청 이상해. 전체주의도 맞고. 집안 권력의 정점에 우리 큰아버지가 있지. 할머니는 나를 감시하고 통제하는 비밀경찰쯤 되고."

나는 힘없이 웃었다. 아영이가 내 어깨를 토닥여주었다. 수민이가 아영이에게 물었다.

"아영이 넌? 엄마한테 사달라고 할 거지?"

"아니. 요즘 미용실 잘 안 된대."

수민이의 얼굴이 급격히 어두워졌다. 우리 들으라는 듯 한숨을 푹푹 쉬었다. 이제 가자, 아영이가 말하는 순간 시무룩해 있던 수민이가 발딱 일어서더니 물었다.

"그럼 보드만 있으면 나랑 같이 배울 거야?"

나는 그러겠다고 했다. 나와 수민이를 번갈아 보며 분위기를 살피던 아영이도 마지못해 고개를 끄덕였다.

"가자, 우리 집으로!"

수민이가 말했다.

"왜?"

"엄마한테 사달라고 하게."

"우리 것도?"

"당연하지."

"안 사줄 거 같은데."

"아냐. 사줄 거야."

수민이는 자신만만했다. 그래도 우리가 움직이지 않자 양쪽 팔로 아영이와 나를 잡아끌었다. 잔소리만 들을 것 같았지만 우리는 일단 끌려갔다. 부딪쳐보는 거지 뭐, 안 되면 말고, 의 심정으로.

"5킬로를 뺀다고? 네가?"

나도 놀랐지만 수민이 엄마도 반신반의했다. 믿지 못하는 것도 당연했다. 수민이 전적이 화려했다. 호언장담으로 시작해서 용두사미로 끝난 적이 한두 번이 아니었다.

"응. 5킬로 뺄게. 그러니까 보드 사줘. 친구들 것도. 같이 운동할 거야. 혼자 하면 금방 포기할지도 모르니까."

수민이 엄마는 대답하지 않았다. 팔짱을 낀 채 여전히 미심쩍어하는 표정으로 수민이를 쳐다보았다.

"그냥 사달라는 거 아냐. 돈 갚을게. 대신 천천히."

그래도 수민이 엄마는 대답하지 않았다.

"5킬로 뺀다니까. 진짜야. 이번에 독하게 마음먹고 운동할 거야."

그러자 마침내 수민이 엄마의 마음이 움직였다. 팔짱을 풀더니 수민이에게 물었다.

"약속할 수 있니?"

"그렇다니까."

"좋아. 보드 사줄게. 수민이가 5킬로 빼고 2학년 마칠 때까지 유지하면 너희들은 돈 안 갚아도 좋아."

수민이 엄마가 아영이와 나를 보며 말했다. 생각보다 쉽게 넘어왔다. 게다가 돈까지 안 갚아도 된다니, 역시 통이 크신 분이었다. 수민이가 흥분하는 것도 당연했다.

"정말? 정말이지?"

"대신 페널티도 있어야겠지? 그래야 공평하니까. 실패하면 두 배로 갚기. 수민이 너도. 어때?"

"당근 좋지!"

우리가 말릴 새도 없이 수민이가 외쳤다.

"약속한 거다?"

"응. 약속해!"

나는 뒤늦게 수민이의 허리를 찔렀다. 원금이라면 모를까 두 배라니!

"걱정하지 마. 성공할 거니까."

얼굴 가득 자신만만한 미소를 띠고는 수민이가 말했다. 도대체 이 자신감은 어디서 나오는 건지 이해할 수가 없었다. 지금까지 봐온 수민이라면 성공 확률이 높지 않은데, 그동안 받아온 엄마의 구박에 맞서 정말 독이라도 품은 걸까. 수민이가 너무 자신만만해서 더는 말릴 수가 없었다.

수민이 엄마는 우리를 데리고 스포츠 용품 매장으로 갔다. 그리고 그 매장에서 가장 비싼 스케이트보드 세 개를 사주었다. 물론 아영이와 나는 가장 싼 보드를 원했지만 수민이가 우리를 안심시켰다.

"성공할 거라니까!"

집으로 돌아오는 차 안에서 수민이 엄마가 룸미러로 아영이와 나를 보며 일장 연설을 했다.

"너희들도 좀더 크면 남자든 여자든 외모가 얼마나 중요한지 알게 될 거야. 특히 날씬한 몸매. 물론 얼굴도 중요하지. 하지만 얼굴이 아무리 예뻐도 살 뒤룩뒤룩 쪄봐라. 예쁜 얼굴이 예뻐 보이는지. 게다가 얼굴은 수술할 수도 있고. 누구는 성장기니까 걱정 말라는데, 그거 아냐. 자기들 자식이었으면 성장기 어쩌고 말 못 할걸. 크면서 저절로 살 빠진다는 거 다 거짓말이야. 세상에 저절로라는 건 없다는 걸 꼭 기억해. 다 죽을힘을 다해서 빼는 거지. 나중에 고생 안 하려면 지금부터 관리를 해야 해. 그러니까 너희들도 운동 열심히 해라. 수민이도 좀 시키고. 오늘 사준 스케이트보드 얼마짜린 줄 알지? 일부러 비싼 거 사준 거 맞아. 그래야 포기할 마음이 안 들 테니까."

왠지 덫에 걸린 듯한 기분이 들었다. 만약 실패한다면, 오늘의 보드값을 두 배로 갚아야 한다. 아영이나 나나 우리 용돈으로는 절대 갚을 수 없는 액수였다. 성공하는 수밖에 없었다. 그 방법밖에 없었다. 수민이를 쳐다보았다. 조수석에 탄 수민이는 보드를 꼭 끌어안은 채 마냥 들떠 있었다.

*

그날부터 우리는 매일 한강으로 나갔다. 보드 2년차라는 반 친구에게 간단한 기초를 배운 뒤 맹연습에 돌입했다. 보드 위에 두 발을 모두 올려놓는 데만 꼬박 하루가 걸렸다. 두 발을 모두 올려놓고 굴러가는 보드 위에서 10초 버티기에 성공하는 데 또 하루가 걸렸다. 그 뒤부터는 조금 쉬웠다. 10초가 20초가 되고 금방 1분 버티기에 성공했다. 세발자전거보다 느린 속도가 문제긴 했지만.

개학한 뒤에도 우리는 수업을 마치면 곧바로 한강으로 달려갔다. 아직 자전거도로로 나갈 실력까지는 안 돼서 스케이트보드 파크 안에서만 왔다 갔다 하며 보드를 탔다. 사람이 없을 땐 농구장에서 타기도 했다. 해가 지면 아영이네 집에 보드를 숨겨놓은 뒤 할머니 가게로 가거나 다른 분식집으로 갔다. 그러고는 열흘은 굶은 아귀들처럼 닥치는 대로 먹었다. 이상하게 먹고 돌아서면 또 금방 배가 고팠다. 가뜩이나 배고픈데 운동까지 하니까 더 그랬다.

"보드 타는 게 체력 소모가 엄청 큰가 봐. 그러니까 좀 먹어도 돼."

우리가 생각해도 지나치게 먹는다는 자괴감이 들 때마다 수민이는 그렇게 합리화했다. 아영이와 나는 짤막한 대답으로, 눈빛으로, 때로는 고갯짓으로 수민이의 말에 동조했다. 이 당혹스러운 배고픔을 그렇게밖에는 설명할 수 없었다. 그랬는데,

"나 몸무게 줄었어! 1킬로!"

부끄러워하지 않고 당당하게 먹을 이유가 생겼다. 역시 체력 소모가 엄청난 운동이었다, 보드는. 수민이의 몸무게가 증명하고 있었다.

"태어나서 몸무게 준 거 처음이야. 늘 늘기만 했지."

그렇단다. 엄청나게 먹는데도 오히려 몸무게가 줄었다. 그것도 생전 처음으로. 재보진 않았지만 아영이와 나도 아마 그럴 것이다.

"아, 몸이 가벼워진다는 게 이런 기분이구나. 나 정말 날아갈 것 같아."

"그래도 날지는 못해."

남산만 한 배를 내밀고 앉아 그런 농담도 주고받을 수 있었다. 포만한 자의 여유 같은 것이랄까. 수민이의 몸무게가 줄어서 가능한 일이었다.

"일주일에 1킬로 빠졌으니까 한 달이면 5킬로 빼겠다. 다이어트 뭐 별거 아니네."

수민이는 여유만만했다. 여유가 만만하다 못해 세상을 굽어보았다. 다이어트 한다고 엄살떠는 것들을 향해 코웃음 쳤다. 가소로워했다. 움직일 생각은 않고 날씬한 몸매만을 원하는 게으름뱅이들을 비난했다.

나는 희망에 가득 찼다. 돈을 갚지 않아도 된다. 다르게 말하면, 엄청나게 비싸고 좋은 보드가 공짜로 생긴다. 수민이가 5킬로를 빼는 날 이 보드는 내 보물 1호로 등극할 것이다.

보드를 시작한 지 열흘째 되는 날 마침내 우리는 자전거도로로 진출했다. 자세는 어느 정도 안정적이었지만 속도는 여전히 느려서 걷는 것보다 조금 빠른 정도였다. 그러다 보니 온갖 종류의 자전거들이 쉴 새 없이 우리를 앞질러 갔다. 자전거의 속도와 타이어의 종류에 따라 앞지르는 소리도 다양했다. 하지만 새애앵이든 부우웅이든 무서운 건 똑같았다. 마치 맨몸으로 갑옷 입은 장수를 상대로 싸우는 기분이었다.

2주째 되는 날 기다리다 못해 수민이에게 먼저 물었다.

"이번엔 왜 몸무게 말 안 해? 안 쟀어?"

"아, 그거? 당연히 쟀지."

수민이 목소리가 밝았다. 희망이 차올랐다.

"이번에도 1킬로야?"

"응. 딱 1킬로."

"우아, 축하해! 이제 진짜 얼마 안 남았네."

"늘었어."

"응?"

"1킬로 늘었다고. 그래서 원래 몸무게로 돌아갔어. 0에 수렴된 거지."

"진짜야? 진짜 늘었어? 왜?"

하늘이 무너지는 기분이었다. 이해할 수 없었다. 똑같이 운동했는데 왜 어떨 땐 빠지고 또 어떨 땐 찌는가. 설마.

"너 우리 모르게 뭐 먹었지? 야식 먹었지?"

내가 다그쳤다.

"아냐. 안 먹었어."

수민이의 눈빛이 흔들렸다. 다른 곳을 보는 척하며 내 눈을 피하는 것도 수상했다. 먹었구나. 그것이 어떤 결과든 모든 결과에는 반드시 원인이 있기 마련이었다.

"난 2주일 만에 3킬로 빠졌는데."

아영이가 말했다. 그러자 수민이가 축하한다며 오두방정을 떨었다.

"넌 지금 웃음이 나오냐?"

"그럼 울어?"

"울 수 있으면 울어봐. 울어도 살 빠진대."

내가 말하자 수민이가 배를 잡고 웃었다. 이게 그렇게 웃긴 말인가, 의아해하는데 한참 웃던 수민이가 갑자기 웃음을 뚝 멈추고는 말했다.

"웃으니까 배고파."

대책이 필요했다. 이대로 수민이를 방치하다간 우리 모두 무시무시한 채무의 늪에 빠질지도 몰랐다.

"운동 시간을 늘리자."

이 방법밖에는 없었다. 스물네 시간 감시할 수도 없고, 무슨 수로 수민이의 식탐을 막는단 말인가. 먹는 만큼 움직이는 수밖에 없었다.

"난 지금도 힘들어."

"엄살 피우지 마. 네가 시작한 일이야."

"근데 보드…… 좀 지겹지 않니?"

아니나 다를까, 수민이의 특기가 또 발휘되려 하고 있었다. 용두사미. 이번만큼은 절대 용납할 수 없었다.

"지겹든 뭐든 포기는 안 돼. 알잖아."

"난 재밌는데?"

아영이가 말했다. 수민이와 나는 아영이를 쳐다보았다. 처음에 가장 소극적이던 아영이어서 더 의외였다.

"진짜 재밌어?"

믿기지 않는다는 듯 수민이가 물었다.

"응."

그래서 우리 중에서 가장 빨리 실력이 늘었던 건가. 수민이와 나는 아직 한 번도 성공하지 못한, 보드를 멈출 때 하는 풋 브레이크와 파워 슬라이드를 아영이는 자유자재로 구사했다.

"그래도 다행이네. 너라도 재밌어서……"

풀 죽은 목소리로 수민이가 말했다. 실력이라도 휙휙 늘면 재미가 붙을 텐데, 안타깝게도 수민이는 몸 쓰는 일에는 영 재주가 없었다. 그러게 어쩌자고 보드를 시작해서는. 아니, 어쩌자고 제일 비싼 보드를 사서는. 나는 한숨을 쉬었다. 마음이 무거웠다. 살을 빼야 하는 사람이 수민이가 아니라 아영이라면 얼마나 좋을까. 하지만 다 부질없는 생각이었다. 다시 태어나지 않는 이상 그건 불가능했다.

"할머니한테 돈 빌려달라고 해볼까? 말만 하면 당장 주실 텐데."

분위기가 처지자 아영이와 내 눈치를 보던 수민이가 말했다. 나는 대답하지 못했다. 나 역시 아빠를 생각하지 않은 건 아니었다. 나중에, 그러니까 동주 언니가 돌아오고 난 뒤에 사실대로 털어놓고 도와달라고 해볼까, 잠깐 생각했다. 하지만 왠지 마음이 내키지 않았다. 비겁해 보였다. 우리가 잘못을 저지르고 아빠에게 그 책임을 떠넘기는 듯한 기분이 들었다.

"일단 하는 데까지 해보자. 약속은 약속이니까."

아영이가 말했다. 나는 그러자고 했다. 수민이도 고개를 끄덕였다.

*

마침내 동주 언니를 찾았다. 9월 마지막 주 화요일, 부산의 한 청소년 쉼터에서 연락이 왔다. 이름은 다르지만 얼굴이 같은 아이가 지난 8월부터 머물고 있다고 했다. 큰아버지와 큰어머니는 당장 부산으로 달려갔다. 할머니도 따라가고 싶어 했지만 큰아버지가 말렸다.

"그 어린 게 부산은 어떻게 알고 거기까지 갔을꼬."

할머니는 하루 종일 안절부절못했다. 앉지도 못하고 가게 안을 서성거렸다. 혹시라도 연락이 올까 봐 휴대전화를 손에 꼭 쥐고는 수시로 확인했다. '금일 휴업'이라고 써 붙였음에도 간혹 들어오는 손님은 그대로 돌려보냈다.

동주 언니를 늦게 찾은 것은 큰어머니의 쉼터 부대가 서울을 시작으로 위에서부터 훑어 내려갔기 때문이었다. 동주 언니가 부산을 택한 것은 그러니까 우연이 아닌 것이다. 철저한 계산에 의해 갈 수 있는 한 최대한 멀리 도망간 것이다.

"내가 찾은 거나 마찬가지야."

아무도 칭찬해주지 않아서 내가 먼저 잘난 척했다.

"그래, 알았다. 뭐 먹고 싶냐?"

전화기를 들여다보며 할머니가 물었다.

"먹을 거 말고 다른 거 주면 안 돼?"

그제야 할머니가 나를 쳐다보며 뭘 줄까? 하고 물었다. 나는 잽싸게 대답했다.

"돈."

"돈?"

"응. 돈 좀 줘."

"돈은 뭐 하게?"

"쓸 데가 있어."

"아비가 용돈 안 주냐?"

"주기야 주지. 진짜 따로 쓸 데가 있다니까."

"내가 돈이 어딨다고 이 늙은 할미한테 돈을 달래?"

"먹을 거 사준다며? 그거 돈으로 줘."

"옜다, 천 원."

할머니가 주머니에서 천 원짜리 한 장을 꺼내더니 탁자 위로 던졌다.

"할머니!"

내가 소리쳤다. 그러자 할머니는 뒤도 돌아보지 않고 가게 밖으로 나가버렸다.

돈을 어디서 구해야 할지 막막했다. 수민이의 몸무게는 도통 줄 생각을 하지 않았다. 줄기는커녕 운동을 시작한 지 한 달 만에 오히려 원래 몸무게에서 1.5킬로가 늘었다. 수민이는 키가 컸기 때문이라고 하지만, 그리고 실제로도 조금 자랐지만 그것으로는 수민이 엄마를 설득할 수 없었다. 강경했다.

"5킬로는 내가 아니라 네가 내건 조건이야. 지금 이럴 거면 애초에 키가 자랄 걸 미리 예상하고 말했어야지."

그렇게 반박하는데 할 말이 없었다.

"겨울방학 전까지 약속한 대로 5킬로를 빼든 돈을 내놓든 알아서 해라."

오히려 싸늘한 표정으로 최후통첩을 날렸다. 엎친 데 덮친 격으로 수민이는 이제 보드에 완전히 흥미를 잃었다. 아영이와 나를 따라 한강으로 나오기는 했지만 운동을 하지는 않았다. 마지못해 몇 번 타는 시늉을 할 뿐 아영이와 내가 보드를 타는 동안 벤치에 앉아서 휴대전화로 인터넷을 하거나 영상을 보았다. 잔소리도, 협박도 도무지 통하지 않았다. 우리가 걱정하면 어떻게든 되겠지,

대꾸하곤 했다. 평소엔 장점으로 보이던 낙천적인 성격이 이럴 땐 오히려 독이 되었다. 아영이와 나는 결국 포기했다.

"돈을 어디서 구하지?"

"알바라도 할까?"

"하고 싶다고 할 수 있냐. 써주는 데가 없는데."

"진짜 우리 엄마 해도 해도 너무한다. 어떻게 할머니한테까지 손을 쓰냐."

"미리 예상했어야 했어."

"그래도 괜찮아. 할머니 말고도 친척 많아."

"용돈 하나도 안 쓰고 다 모아도 방학 전까지는 힘들겠지?"

"3분의 1도 안 될걸?"

"아, 하늘에서 돈다발이라도 떨어졌으면 좋겠다."

만나면 그런 얘기들을 했다. 대화에서 돈 얘기가 빠지지 않았다. 하지 말자고 다짐해도, 무슨 대화를 하든 마지막은 꼭 돈 얘기로 빠졌다. 어쩌면 당연한지도 모르겠다. 현재 우리의 최대 걱정거리가 바로 돈이었으니까.

그 와중에도, 큰아버지가 부산으로 동주 언니를 데리러 간 그날, 나는 처음으로 턴에 성공했다.

오전 열 시쯤에 출발했다는 큰아버지와 큰어머니는 밤이 늦도록 돌아오지 않았다. 할머니는 너무 걱정을 해서 하루 사이에 10년은 늙어 보였다.

"진작 돌아오고도 남았을 시간인데 왜 이리 안 오는 거냐……
설마 무슨 일이 생긴 건 아니겠지…… 일이 꼬이지 않고서는 이
럴 수가 없다. 동주를 못 찾은 건가……"

끊임없이 중얼거렸다. 하도 거실을 왔다 갔다 해서 나까지 정신
이 없었다. 하루 종일 전화 한 통 오지 않는데도 휴대전화를 손에
꼭 쥐고 안절부절못하는 할머니가 이해되지 않았다. 먼저 연락하
면 큰일이라도 나는 것처럼 오로지 기다리기만 하는 할머니가 답
답했다. 참다못해 내가 말했다.

"그러지 말고 먼저 전화해봐."

"운전 중이면 어떡하냐."

"그럼 큰어머니가 받겠지."

"그래도 운전하는 사람 신경 쓰인다."

"난 할머니가 신경 쓰여서 공부를 못 하겠어."

"노트북 끼고 앉아서 무슨 공부냐."

"인터넷으로 교육 방송 보는 거야."

"할미 신경 쓰지 말고 네 방에 들어가서 해."

할 수 없이 나는 아빠에게 전화를 걸었다. 큰아버지 소식을 물
으니 아빠도 모른다고 했다. 기다리고 있는데 아직 연락이 없다고.

"아빠가 전화해보면 안 돼? 이러다 할머니 쓰러지겠어."

아빠는 알았다고 했다. 전화를 끊자마자 할머니가 뭐래? 하고
물었다. 전화해본대, 말하자 혼낼 줄 알았던 할머니는 오히려 다
행이라는 듯 표정이 밝아졌다. 동주 언니 소식이 궁금해 죽을 것

같으면서도 큰아버지 눈치 보느라 먼저 전화 한 통 못 하는 할머니가 안타까웠다. 그깟 장남이 뭐라고.

잠시 후 아빠한테서 연락이 왔다. 할머니는 여전히 거실에 선 채 긴장한 표정으로 통화하는 나를 지켜보았다.

"뭐라고 하냐?"

내가 전화를 끊자마자 할머니가 득달같이 물었다.

"동주 언니가 맞다고, 동주 언니 찾았대. 나쁜 데로 안 빠지고 그 쉼터에서 쭉 생활했나 봐."

"아이고, 다행이다. 찾았으면 전화라도 한 통 해주지, 나는 속이 다 썩어들어 가는데…… 신랑이 바쁘면 저라도 할 것이지…… 하여간 무심한 인간 같으니라고."

"그게……"

"그래서 지금 오고 있다더냐?"

마음 급한 할머니가 내 말을 싹둑 자르고는 물었다.

"아니. 두 분은 오늘 호텔에서 주무신대."

"왜? 당장 올라오지 않고."

"동주 언니가 집에 오고 싶지 않다고 했대. 계속 쉼터에 있겠다고."

"아니 왜? 어미 아비가 거기까지 데리러 갔으면 못 이기는 척하고 얼른 따라나설 것이지. 도대체 왜 그런다더냐?"

나는 어깨를 으쓱했다. 이유를 모르기는 큰아버지도, 아빠도, 나도 마찬가지였다.

"내일 다시 동주 언니 만나러 간대. 설득한다고."

"설득은 무슨 얼어 죽을 설득이야. 그냥 끌고 오면 될 것을."

"그러다 또 가출하면 어떡해."

"어쨌거나 아이고, 다행이다. 나쁜 데로 안 빠지고 쉼터에 얌전히 있어서 다행이고, 찾아서 다행이고. 아이고, 부처님, 하느님 감사합니다."

"쉼터 얘기 내가 했어, 할머니. 그러니까 상 줘."

"내일은 꼭 데려와야 할 텐데……"

"돈 좀……"

"잠이나 자야겠다. 오늘은 두 발 뻗고 잘 수 있겠네."

할머니가 또 내 말을 싹둑 자르더니 그렇게 중얼거리며 방으로 들어가버렸다. 감사해야 할 대상은 부처님, 하느님이 아니고 나야, 할머니! 그러나 내 말을 들어줄 사람은 어디에도 없었다.

*

결론부터 말하면 큰아버지, 큰어머니는 결국 빈손으로 돌아왔다. 아니, 동주 언니가 안전한 곳에 있다는 걸 확인했으니 꼭 빈손인 것만은 아니었다. 그러나 할머니 집에 들른 큰아버지는 내내 한숨을 쉬다 돌아갔다. 어린 게 여간 고집이 세지 않더라고 투덜거렸다. 내 딸이지만 그런 고집이 있다는 걸 처음 알았다고 털어놓기도 했다.

"그냥 끌고 오지 그런다고 그 어린걸 두고 오냐?"

할머니는 못내 아쉬워했다.

"부모라도 함부로 데려갈 수 없다고 그러네요. 동주 의지가 워낙 강해서요. 거기 선생들도 일단 동주 뜻을 존중해주는 게 좋겠다고 하고요. 강제로 데려왔다가 또 가출하는 것보다는 차라리 거기 있는 게 나을 것 같아서 며칠 두고 보려고요."

큰아버지가 돌아간 뒤 할머니는 고민에 빠졌다. 큰아버지는 나서지 말고 가만있으라고 했지만 정말 가만히 있어야 하는가. 그래도 명색이 내가 할미인데.

할머니는 가만히 있고 싶지 않았다. 안전한 곳에 있다지만 손녀가 걱정돼서 죽을 것 같았다. 두고 보는 며칠 사이에 나쁜 일이 생길지도 모르고, 또 어디로 훌쩍 떠나버릴지도 몰랐다. 이번엔 정말 아무도 못 찾는 곳, 누구도 생각해내지 못할 곳으로 가버릴지도 모르지 않는가. 조바심이 났다.

큰아버지가 다녀간 이튿날 할머니는 아침 일찍 집을 나섰다. 어디로, 왜 가는지는 누구에게도 말하지 않았다. 내게조차도. 대신 식탁 위에 쪽지 하나를 남겼다.

'볼일 있어 나간다. 밥하고 국 다 있으니 챙겨 먹고 학교 가거라.'

그 쪽지를 보고도 나는 아무 생각이 없었다. 그러려니 했다. 서둘러 아침밥을 먹고 학교에 갔다.

내가 휴대전화 알람 소리에 일어나 식탁 위의 쪽지를 확인하던 그 시각, 할머니는 부산으로 가는 기차에 타고 있었다. 아침은 집에서 가져간 삶은 달걀 두 개로 때웠다. 부산역에 도착한 할머니는 곧장 택시를 타고 동주 언니가 있다는 쉼터로 향했다. 택시 기사는 할머니를 횡단보도 앞에 내려주었다. 횡단보도 바로 맞은편에 쉼터가 있었다.

택시에서 내린 할머니는 횡단보도 앞에 섰다. 신호를 기다리는 그 짧은 동안에도 할머니는 마음이 급해서 발을 동동 굴렀다. 간밤에 한숨도 자지 못했다. 오늘 할 일(서울역으로 가 기차를 타고 부산으로 간다, 택시를 타고 쉼터로 간다, 동주를 만난다)을 머릿속으로 되새기고 또 되새겼다.

마침내 신호가 녹색불로 바뀌었다. 할머니는 허둥거리며 횡단보도를 건넜다. 그때까지만 해도 할머니는 자신의 몸이 얼마나 약해져 있는지 알지 못했다. 동주 언니가 가출한 이후 할머니는 제대로 먹지 못하고 자지 못하고 매일 안절부절못하며 걱정만 해서 몸이 약해질 대로 약해져 있었다.

횡단보도를 다 건넌 할머니는 인도로 올라서려고 했다. 그러나 인도 턱에 발이 걸렸다. 할머니는 넘어졌다. 할머니는 미처 알지 못했지만 사실 그 인도 턱은 평소에 할머니가 다니던 길보다 훨씬 높았다. 하지만 마음 급한 할머니 눈에 인도 턱 따위가 들어올 리 없었다.

넘어진 할머니는 일어서지 못했다. 사람들이 몰려들었고, 누군

가는 휴대전화로 119를 불렀다. 스스로 일어나지 못한다는 걸 깨
달은 할머니는 쉼터와 동주 언니 이름을 번갈아 말했다. 할머니의
기지가 빛을 발하는 순간이었다.

"내 손녀 좀 불러줘."

둘러선 사람들에게 애원했다. 마음 착한 누군가가 휴대전화로
쉼터를 검색해서 전화번호를 찾아냈다. 그런 다음 전화를 걸어 한
동주의 할머니가 길에 쓰러져 손녀를 찾고 있다고 말했다. 쉼터
직원이 동주 언니가 일하는 패스트푸드점으로 전화를 걸어 그 사
실을 알렸다. 동주 언니가 달려왔을 때 할머니는 이미 앰뷸런스에
실려 그 자리를 떠나고 없었다.

큰아버지와 아빠가 부산으로 달려갔다. 동주 언니도 할머니가
실려 간 병원을 알아낸 뒤 그곳으로 향했다.

동주 언니가 도착하기 전부터 할머니는 죽을힘을 다해 죽는 연
기를 했다. 실제로 죽지는 않았지만. 죽는 연기를 하는 연기자들
도 실제 죽는 건 아니니까. 할머니는 꽤 괜찮은 배우였다. 누가 보
더라도 금방 숨이 넘어갈 것처럼 보였다. 동주 언니는 심각한 얼
굴로 침상 옆에 앉아 할머니 손을 꼭 쥐고 있었다.

큰아버지와 아빠가 약간의 시간차를 두고 차례로 도착했다. 할
머니는 다 죽어가는 목소리로 타지에서 죽고 싶지 않다고 말했다.
객사만은 면하게 해달라고 호소했다. 죽어 귀신이 되어서까지 낯
선 타지를 떠돌고 싶지 않다고 말했다. 할머니의 호소가 어찌나
간절한지 큰아버지와 아빠도 어쩔 도리가 없었다.

할머니를 앰뷸런스에 태워 서울로 향했다. 큰아버지와 아빠는
각자 가져온 차가 있어서 앰뷸런스에는 동주 언니가 탔다. 언제
죽을지도 모르는 할머니를 혼자 내버려둘 수는 없었다. 동주 언니
스스로 함께 타고 가겠다고 말했다.

"이야! 할머니 멋지시네!"
수민이는 감탄하고 또 감탄했다.
"그래서 어떻게 됐어?"
아영이가 물었다.

할머니는 집과 멀지 않은 병원에 입원했다. 그날 밤 온 가족이
할머니 병실에 모였다. 다들 침울한 얼굴이었다. 할머니가 다 죽
어가는 목소리로 말했다.
"내가 소원이 하나 있다. 중학교도 졸업 못 한 손녀를 두고 내
가 어떻게 편히 눈을 감겠냐. 내 죽기 전에 동주가 다시 학교 다니
는 걸 보고 싶다."
온 가족이 동주 언니를 쳐다보았다. 동주 언니는 눈물을 뚝뚝
흘리며 그러겠다고 말했다. 다시 학교에 가겠다고, 집에도 들어가
겠다고, 그러니 죽지 마시라고. 할머니 연기가 일품이었다. 나조
차도 깜빡 속았으니 뭐 말 다 했다.
동주 언니는 그날 당장 집으로 들어갔고, 다음 날부터 다시 학
교에 다니기 시작했다. 할머니 병세는 몰라보게 좋아졌다. 아니,

지나치게 좋아졌다. 다 죽어가던 사람이 하루 만에 침상에 일어나 앉아 병문안 온 절친들과 수다를 떨었다. 그러다가도 동주 언니가 올 시간이 되면 또 금방 병세가 악화돼서 시름시름 앓는 소리를 냈다.

"언제까지 병원에 있을 거야?"

내가 할머니에게 물었다.

"나도 갑갑해 죽을 지경이다. 집에 갈 핑계 어디 없겠냐?"

"이번엔 집에서 죽겠다고 해. 병원도 객사라며?"

"그럴까?"

"그러긴 뭘 그래. 팔뼈 부러진 걸로 죽겠어?"

"누가 진짜로 죽는대냐?"

"그냥 나았다고 해. 계속 아픈 척하는 거 힘들잖아."

"동주 또 집 나갈까 봐 그러지."

"완전히 나은 건 아니고 호전되는 정도로 해 그럼. 동주 언니 요즘 완전 죄책감에 빠져 있어서 쉽게 집 못 나갈 거야."

"그래 보이더냐?"

"응. 내 생각엔 이제 가출 안 할 것 같아. 요즘 완전 죄인 모드야. 할머니가 계속 중태인 게 오히려 언니한테 더 안 좋을 것 같아."

"그래, 그러자. 네 판단 한번 믿어보자. 참, 넌 아빠하고 둘이 사니까 어떠냐? 좋냐?"

할머니가 병원에 입원한 뒤부터 아빠가 할머니 집에 와 있었다.

"어색해."

"회사는 집에서 다니는 것보다 더 가까워졌대지?"

"응. 20분 더 잘 수 있다고 좋아해. 철없어 보여. 애 같아."

"내 아들 욕하면 너 쫓아낼 거다."

"쫓아내기만 해봐. 할머니 쇼한 거 동주 언니한테 다 이를 테니까."

"아이구, 네 협박 무서워서 어디 살겠냐."

할머니는 병원에 입원한 지 열흘 만에 퇴원했다. 동주 언니에게는 아직 한참 더 병원에 있어야 하지만 할머니가 하도 갑갑해 해서 집으로 모셨다고 말했다. 매일 병원으로 오던 동주 언니는 이제 일주일에 한 번, 일요일마다 할머니 집으로 병문안을 왔다.

최근 할머니와 나의 가장 큰 고민은 병세의 호전 정도를 어느 선에 맞추는가 하는 거였다. 조금씩 그리고 천천히 나아야 하는데 우리가 의사가 아닌 이상 어느 정도가 조금씩이고 천천히인지 알 턱이 없지 않은가. 일요일마다 병세도 잘 적어놓았다. 오른 다리의 마비가 일주일 뒤에 갑자기 왼 다리 마비로 바뀌면 안 되니까.

● 노동과 노예 사이

나이 때문인지 할머니의 회복 속도는 사실 지나치게 느렸다. 인도 턱에 걸려 넘어지면서 팔로 바닥을 짚는 바람에 뼈가 부러졌는데, 이게 도통 낫지를 않았다. 게다가 하필 오른쪽 팔이었다. 이것은, 즉 하나부터 열까지 할머니를 보살펴줄 사람이 필요하다는 뜻이었다. 큰아버지는 도우미 아주머니를 집으로 보내주었다.

할머니가 퇴원한 뒤에도 아빠는 며칠 더 할머니 집에 머물렀다. 그리고 새삼 깨달았다. 할머니가 늙었다는 것을. 지금처럼 계속 혼자 살기에는 무리가 있다는 것을. 무슨 일이 생기면 즉시 달려올 자식이 옆에 있어야 한다는 것을.

아빠는 그런 뜻을 큰아버지에게 전했고, 큰아버지는 즉각 자신이 할머니를 모시겠다고 했다. 그런데 할머니가 반대했다. 가게가 있고, 친구들이 있는 지금의 동네를 떠나지 않겠다고 했다. 게다가 가까이 사는 건 몰라도 함께 사는 건 구속받는 것 같아서 싫다고 했다. 할머니 뜻이 워낙 완강해서 큰아버지도 말리지 못했다.

그렇다면 방법은 하나뿐이었다. 할머니가 옮기는 대신 자식이 할머니 옆으로 오는 것. 이에 대해선 큰아버지도 난색을 표했다. 공장과 너무 멀어진다고 했다. 아빠도 곤란하기는 마찬가지였다. 돈 때문이었다. 서울 외곽과 중심의 집값이 엄청나게 차이 났다. 큰아버지가 돕겠다고 했지만 그건 또 아빠가 거절했다. 그때 그 여자가 나섰다. 모자라는 금액은 자신이 내겠다고 했다. 아빠는 곧장 부동산에 집을 내놓았다.

"넌 이제 큰일 났다. 네가 꼴 보기 싫어하는 새엄마가 네 옆으로 온단다."

할머니가 짓궂게 웃으며 놀려댔다.

"내가 아니라 할머니 옆으로 오는 거지. 이제 할머니 큰일 났어. 며느리랍시고 사사건건 간섭할걸?"

"웬일이냐, 네가? 며느리 소리를 다 하고. 오래 살고 볼 일이네. 이제 그 여자라고 안 부르기로 했냐?"

"말이 그렇다는 거지."

"아닌 거 같은데? 말에서 독기가 쏙 빠졌는데 뭘. 방학 때 며칠가 있더니 그새 정이라도 들었냐?"

"아냐! 몰라!"

당황해서 나도 모르게 소리를 질러버렸다. 할머니는 여전히 짓궂게 웃고 있었다. 할머니가 놀리기 전에 내가 얼른 물었다.

"가게는 어떡할 거야? 문 닫은 지 한참 됐잖아."

"네가 한번 해볼래? 친구들하고 같이 해봐."

"내가?"

"돈 필요하다며? 이제 돈 필요 없냐?"

"돈이야 필요하지…… 그런데 내가 어떻게?"

"떡볶이는 새댁 시켜서 만들어줄 테니까 넌 장사만 해. 월급 후하게 쳐줄게."

마흔은 넘어 보이는 도우미 아주머니를 할머니는 꼭 새댁이라고 불렀다. 새댁이라고 불릴 때마다 아주머니가 민망한 듯 웃었지만 할머니는 꿋꿋이 '새댁'을 고수했다.

"어렵게 생각할 게 뭐 있냐. 주문받고 갖다주고 계산만 하면 되는걸. 어떠냐? 해볼 테냐?"

솔직히 후한 월급이란 말에 귀가 솔깃했다. 겨울방학 때까지 이제 고작 두 달 반밖에 남지 않았다. 친척 많다고 큰소리치던 수민이의 돈줄까지 모조리 막힌 상황이었다.

"세 사람 다 월급 줄 거지? 우리 셋 묶어서 한 사람으로 치는 거아니지?"

"악덕 사장이란 소리는 나도 듣기 싫다."

"알았어. 할게."

내가 말했다. 할 수 있을 것 같았다. 할머니랑 함께 살면서 여태껏 봐온 게 장사였고, 내 놀이터가 가게였다.

"친구들한테는 안 물어봐도 되냐?"

"물어볼 것도 없어. 우리 다 돈 필요해."

"단체로 사채라도 썼냐?"

"비슷해. 이자가 원금이랑 똑같아."

"쬐끄만 것들이 간도 크다."

나중에야 후회한 것이지만, 나는 좀더 신중했어야 했다. 우리가 해야 할 일을 더 꼼꼼하게 따졌어야 했고, 후하게 준다는 월급이 정확하게 얼마인지 물었어야 했다. 직원을 뒤본 적도 없는 할머니가 악덕 사장은 싫다는 말을 했을 때 그 악덕의 기준이 무엇인지 알아봤어야 했다. 결론부터 말하면, 우리는 할머니에게 속았다. 그걸 아영이는 고상하게 표현했다.

"속았다기보다는 가치의 차이인 것 같아. 노동의 강도와 밀도에 대해 매기는 가치의 차이."

"무슨 소린지 하나도 모르겠어."

수민이가 투덜거리자 아영이가 다시 설명했다.

"말하자면 이런 거지. 서빙 한 번에 우리는 5의 가치를 매기는데 할머니는 1로밖에 생각 안 한다는 거."

그러자 수민이가 한숨을 쉬더니 말했다.

"그냥 쉽게 말해. 우리는 열심히 일한다고 생각하는데 할머니 눈에는 농땡이 치는 걸로 보이는 거잖아."

"응. 그런 거지."

"그런데 너네 할머니 정말 너무한 거 아냐? 어떻게 졸졸 따라다니면서 잔소리를 하냐."

"내가 그동안 우리 할머니를 너무 몰랐어."

나는 처절한 심정으로 수긍했다. 할머니는 악덕 사장보다 더하면 더했지 결코 덜하지 않은 사람이었다. 월급을 미끼로 우리를 아주 노예처럼 부려먹었다.

우리는 학교를 마치자마자 곧바로 가게로 달려가야 했다. 야차 같은 할머니가 눈에 불을 켜고 우리를 기다리고 있었다. 가게에 도착한 뒤엔 앞치마를 둘렀다. 무엇보다 멋을 중요시 여기는 우리에게 앞치마라니, 처음엔 거부했다.

"쪽팔려."

"누가 손님이고 누가 일하는 사람인지는 구분해야지."

할머니는 가차 없었다.

"그럼 다른 거 줘."

할머니가 내준 앞치마는 소주 회사에서 무료로 나눠주는, 소주병과 소주 이름이 커다랗게 인쇄된 것이었다.

"없어."

할머니는 단호했다. 할 수 없이 우리는 소주병을 하나씩 가슴에 매달았다. 앞치마 효과는 실로 놀라웠다. 앞치마 하나 걸쳤을 뿐인데 순식간에 우리는 할머니에게 속은 불운한 소녀에서 튼실한 하녀로 돌변했다. 그 하녀들의 주인이자 이 가게의 절대 권력자, 할머니가 명령했다.

"자, 이제부터 청소다."

우리는 청소를 시작했다. 가게 구석구석, 샅샅이. 탁자는 행주로, 바닥은 물걸레로, 벽은 삶아 빤 걸레로. 할머니가 날이 퍼렇게 선 도끼눈을 뜨고 우리를 감시했다. 청소가 다 끝나기도 전에 손님들이 밀려들었다. 가게는 할머니 혼자 할 때보다 더 붐볐다. 인근 학교들에 소문이 다 났다. 학생들 사이에 우리는 한 번은 반드시 관람해야 할 진기한 구경거리가 되어 있었다.

손님이 있든 없든 우리는 앉을 수 없었다. 손님이 부르면 공손한 표정으로 즉시 튀어가야 했다. 손님이 떠난 자리는 잽싸게 치워야 했고, 싱크대가 넘치기 전에 설거지를 해야 했다. 물이며 고추장, 간장, 물엿 같은 무거운 것들을 날라야 했고, 수십 가지에 달하는 재료들을 알파고처럼 신속 정확하게 손질해서 대령해야 했다. 그리고 그 모든 일들이 우리가 가장 취약한, 속도와의 싸움이었다.

우리가 무엇을 하든 어디에 있든, 모든 행위 모든 장소에 할머니의 눈과 잔소리가 있었다.

"난 앞으로 죽을 때까지 '빨리'란 단어는 안 쓸 거야. 절대로."

수민이가 말했다. 일이 끝나면 우리는 언제나 편의점 앞 계단에 나란히 앉아 아이스크림을 먹었다. 하루의 피로를 풀 수 있는 유일한 시간이었다.

"아니, 난 쓸 거야. 우리 할머니한테. 언젠가는. 꼭. 복수할 거야."

나는 복수를 다짐했다.

"집에다 확 일러바칠까?"

"안 돼. 그러다 싸움이라도 나면 어떡해. 어른들 사이 틀어지면 우리도 못 만나."

아영이가 말렸다. 그건 나도 반대였다.

"아영이 말이 맞아. 억울해도 참아야 돼. 우리 할머니 은근 싸움닭이야."

어른들에게 말해봤자 아무 소용없다는 것도 모르고서 우리는 그런 대화들을 진지하게 나눴다. 어른들끼리는 이미 다 합의된 사항이란 것도 모르고. 두 달 반 뒤에 우리가 안 사실, 노동의 가치 운운하며 우리 할머니가 처음 제안했단다. 충격적인 건, 반대하는 어른이 아무도 없었다고. 특히 수민이 엄마는 수민이가 살을 뺄 수 있는 절호의 기회라며 두 팔 벌려 환호했다고 한다.

나중에 안 사실 하나 더. 할머니는 우리가 왜 돈을 필요로 하는지 알고 있었다. 아영이네 집에서 발견된 보드와 내 다리의 상처와 우리의 소곤거림을 통해 진작 눈치챘으면서도 모른 척하고 있었다. 끝까지 시치미 뚝 떼면서 내게 가게 일을 제안했다. 내가 절대 거절하지 못할 것을 알고서. 아무리 독하게 부려먹어도 도망가지 못할 것을 알고서 말이다. 그러니까 가게를 살리기 위해 돈이 꼭 필요한 우리의 처지를 이용해먹은 것이다. 고작 열다섯 살짜리 아이들을. 착취를 노동의 가치로 그럴싸하게 포장해가며.

아, 할머니. 당신은 정말 위대하십니다!

*

　우리가 한창 노예로 부림을 당하던 12월 초에 아영이 엄마는 다른 동네로 미용실을 옮겼다. 할머니는 아침부터 이사 현장으로 쫓아가 아영이 엄마를 밀어내고 본인이 이사를 진두지휘했다. 깁스한 팔을 지시봉처럼 휘두르며.

　최근 큰아버지는 술이 늘었다. 동주 언니 때문이었다. 동주 언니는 가출 이유 1위로 부부 싸움을 꼽았다. 큰아버지의 독재와 지나친 강요가 1위일 줄 알았는데 그건 의외로 4위에 있었다. 2위는 폭력, 3위는 폭언. 1, 2, 3위가 모두 싸움과 관련된 것이었다. 동주 언니는 한 번이라도 폭력을 동반한 부부 싸움이 일어날 경우 이번엔 가출이 아니라 죽어버리겠다고 협박했다. 빈말이 아니라 한다면 하는 성격이라는 걸 절실히 깨달은 큰아버지는 절대 부부 싸움을 하지 않겠다고 약속했다.

　큰아버지는 싸우지 않기 위해 화가 나거나 마음에 안 드는 일이 생기면, 즉 폭발할 것 같으면 그 즉시 집 밖으로 나가버렸다. 밖에서 할 수 있는 일은 많지 않았다. 큰아버지는 주로 포장마차에 가서 술을 마셨다. 새벽엔 24시간 해장국집에 갔다. 덕분에 단골 포장마차와 술집이 여러 군데 생겼다. 술친구도 생겼다. 포장마차나 해장국집에서 만난 동네 할아버지들이었다.

12월 중순에 아빠는 할머니 옆 동네로 이사를 왔다. 차로 5분 거리였다. 동하는 전학하기 싫다고 생난리를 치더니 그 여자가 먹인 뇌물, 즉 새 휴대전화 하나에 헤벌쭉 입이 벌어졌다. 뺄도 없는 놈.

이사하는 날 나는 아빠보다 그 여자가 회사에서 직책이 더 높다는 걸 알았다. 회사도 더 컸다. 당연히 월급도 더 많았다. 집을 판 돈보다 그 여자가 보탠 돈이 더 많다는 것도 이사하는 날 알았다. 우리가 살던 집은 아주 오래된 아파트였다. 아빠와 엄마가 생애 처음으로 장만한 우리 집. 아빠가 가진 것은 그 집뿐이었다. 아빠는 저축을 하지 않았다. 돈이 생기면 생기는 대로 다 썼다. 우리가 사달라는 것도 다 사주었다. 돈을 빌려달라는 사람에겐 이유도 묻지 않고 빌려주었다. 사람'만' 좋은 아빠……

이사를 끝낸 뒤 집 안에 들어가보았다. 단순히 할머니 옆으로 장소만 옮긴 게 아니었다. 집이 엄청 넓어졌다. 지어진 지 얼마 안 된 듯 현관에서부터 집 안 구석구석 나 새것이오, 주장하고 있었다. 내 방에 들어가보았다. 쓸 사람도 없는데 새 옷장에 새 책상 거기다 새 침대까지, 아주 돈지랄을 해놓았다. 나는 월급 몇 푼 받겠다고 노예처럼 굴림을 당하는데. 집에 들어오나 봐라. 하긴 이제 우리 집도 아니지. 그 여자의 집이 된 거잖아. 돈 좀 모아놓지, 아빠……

아영이의 보드 사랑이 못 말릴 지경에 이르렀다. 잠잘 때 빼곤

몸에서 보드를 떼놓지 않았다. 보드를 타고 학교에 갔다. 교실 밖에서는 어디를 가든 보드를 타고 이동했다. 가게에 갈 때도 보드를 탔다. 배달이나 심부름을 갈 때는 물론이고 가게 안에서 서빙할 때도 보드를 타고 다니며 했다. 웬만해서는 보드 위에서 내리지 않았다. 수민이는 그런 아영이를 흐뭇한 표정으로 바라보곤 했다.

"거봐, 내가 보드 재밌다고 했잖아."

해맑은 얼굴로 그런 소리를 했다. 지금 이 고생을 뭣 때문에 하는데……

크리스마스 이틀날 수민이가 말했다.

"드럼 배우는 사촌 오빠가 있는데, 공연 보러 오라고 해서 어제 갔거든. 우아! 드럼 치는 사람들 완전 멋있어. 진짜 멋있어. 너희들도 보면 아마 뿅 갈 거야. 엄청나게 멋있어. 체력 소모도 장난 아니래. 두 손, 두 발을 동시에 사용해야 하니까. 즉 드럼을 배우기만 해도 다이어트가 저절로 된다는 말씀. 어때? 우리 다 같이 배우지 않을래? 강습비는 한 달에 15만 원 정도래. 돈은 걱정하지 마. 엄마한테 말하면 주실 거야. 이번엔 살 뺄 수 있어. 느낌이 좋아. 믿어줘. 진짜야."

오물오물 음식을 씹으며 쉴 새 없이 말하는 수민이를 멀거니 쳐다보았다. 크리스마스 날 가게 문을 닫은 할머니가 원망스러웠다. 그렇게 노예처럼 부려먹더니 왜 하필 수민이의 사촌 오빠가 공연하는 날 휴가를 준단 말인가.

나는 몇 달 새 키가 조금 자랐다. 몸무게는 그대로였다.

"성깔도 그대로지."

체중계에서 내려서는 나를 보며 할머니가 말했다.

"할머니 그 삐딱한 시선도 그대로야."

내가 받아쳤다.

"너 그 못생긴 얼굴도 그대로네."

"이거 왜 이래. 나 우리 반에서 예쁜 애 1위로 뽑혔어."

"맞을까 봐 무서웠나 보지."

"내가 뭐 깡패야?"

"잘 아네. 너 남자애들도 패고 다니잖아."

"팬 게 아니고 손 좀 봐준 거야. 걔들이 먼저 잘못했어."

할머니는 툭하면 내게 시비를 걸었다. 틈만 나면 놀렸다. 나를 놀리는 데서 삶의 의미와 재미를 찾는 게 분명했다. 내가 없으면 심심해서 어떻게 살려고 걸핏하면 쫓아내겠다고 협박이었다. 그래도 본인 파악 하나는 기가 막히게 잘했다. '마녀 할머니의 독 탄 떡볶이'라니.

"그 마녀 할머니 마실 가신다. 저녁 먹고 올 거니까 기다리지 마라. 아 참, 밥할 때 독 탔는데 처먹고 죽든지 말든지 알아서 해라."

손녀에게 태연하게 그런 말을 내뱉고는 밖으로 나갔다. 우리 할머니가 이런 사람이다. 하고 싶은 말에 거침이 없는 사람. 상대방에게 내가 어떻게 보일까 개미 눈물만큼도 신경 쓰지 않는 사람.
손녀가 먹을 밥에 거리낌 없이 독을 타는 사람.

　나는 아영이와 수민이에게 전화해서 우리 집으로 오라고 말했
다. 독 탄 밥 정도는 함께 먹어줘야 친구지.

작가의 말

　내 머릿속에는 수십 명의 인물이 산다. 이미 끝낸 소설과 현재
쓰고 있는 소설의 인물들. 때로는 다음에 쓸 소설의 인물들까지.
그래서 매일 밤 꿈은 길고 복잡하다. 내가 만들어낸 인물이 과거
의 내 친구들과 함께 어울리는가 하면, 현재의 내 동료들과 작당
해 나를 골탕 먹이기도 한다. 깼다가 다시 잠들 때마다 비슷한 듯
다른, 새로운 꿈이 시작된다.

　머릿속 인물들이 꿈보다 더욱 자주 등장하는 건 산책을 할 때
다. 이때는 인물들을 불러내고자 하는 내 의지까지 더해져 집을
나설 때부터 돌아올 때까지 나와 함께한다. 혼자 걸어도 혼자 걷
는 게 아니고, 혼자 웃어도 혼자 웃는 게 아니다. 내 중얼거림은
눈에 보이지 않는 누군가에게 거는 말이거나 충고, 또는 가벼운
감탄이거나 탄식이다. 꿈에서와 달리 산책할 때의 인물들은 자기

들끼리 짤고 까불고 떠들 뿐 나를 끼워주지 않는다. 나는 유리창 밖의 제3자가 되어 그들을 지켜보고, 그들의 대화를 엿듣는다. 그러다 나도 모르게 실소하거나 '그건 아니지' 중얼거리기도 한다. 어쨌거나 이들이 있어 혼자 있어도 외롭지 않고, 아무것도 하지 않아도 딱히 심심하지 않다.

소설가라면 지극히 당연한 일인데 뭐 이딴 걸 길게 쓰느냐고? 나 때문에 가족들의 걱정이 크다. 직장을 다녀서 매일 동료들을 만나는 것도 아니고, 사교를 즐겨서 매일 사람들을 만나는 것도 아닌, 주로 집 안에 들어앉아 글 쓰고 산책이나 다니는 나를. 그러나 걱정 마시라. 나는 당신들이 생각하는 것보다 훨씬 행복하다. 의외로 내 생활은 주위 사람들 때문에(눈에 보이진 않지만) 복잡하고, 때때로 다이내믹하다.

하지만 올해 봄에는 명백히 행복하다고만은 할 수 없었다. 1년 반을 끌어온 장편을 마침내 끝냈는데, 스토리도 빈약하고 인물들도 입체적으로 살아나지 않았다. 얼른 끝내야 한다는 강박이 너무 심해서 쓰기 싫은데 억지로 쓴 티가 났다. 나는 의기소침해졌고, 앞으로 계속 소설을 쓸 수 있을까 의구심이 들었다. 몇 달을 그냥 놀았다.

그러던 7월 중순쯤(아마도?) 출판사로부터 전화를 받았다. 성장소설을 쓰고 있는지 확인하는 전화였다.

"그럼요. 지금 쓰고 있어요. 올해 말까지는 꼭 드릴게요."

내가 대답했다. 거짓말이었다. (박지현 편집장님 죄송해요. 그거 거짓말이었어요.) 마감을 올해 말로 1년 미룬 것도 면목이 없는데, 아직 시작도 안 했다는 말이 차마 나오지 않았다.

7월 말이 돼서야 나는 『파란만장 내 인생』을 시작했다. 내내 머릿속에 있던 걸 그제야 밖으로 끄집어낸 것이다. 그리고 두 달 만에 끝냈다. 정말 미친 듯이 썼다. (내가 미친 게 아닐까 싶을 정도로. 나는 글을 빨리 쓰는 편이 아니다. 100매짜리 단편도 쓰는 데 보통 한 달 정도가 걸린다.) 올여름은 이러다 죽는 게 아닐까 싶을 정도로 더웠는데, 그 무더위 속에서 이 소설을 썼다. 쓰는 동안 너무 행복해서 끝이 다가오는 게 아까울 지경이었다. 글 쓰는 행복을 느껴본 게 얼마 만인지. 그때도 이유는 몰랐고, 「작가의 말」을 쓰는 지금도 이유는 모르겠다, 왜 이 소설을 쓰며 행복을 느꼈는지. 그리고 지금 내 바람은 하나뿐이다. 이 소설을 읽는 당신들도 행복했으면 하는 것. 아니다, 행복까지 바라는 건 욕심인 것 같고, 이 소설에 등장하는 아이들의 건강한 기운과 에너지를 조금이라도 전달받을 수 있다면 더 바랄 게 없겠다.

요즘 부쩍 더 느낀다. "우리 땐 안 그랬는데 요즘 아이들은……" 하면서 혀를 차는 어른들의 '우리 때'보다 요즘 아이들이 훨씬 더 성숙하다는 것을. '우리 때'보다 더 팍팍한 세상을 살면서도 꿋꿋하게 더 잘 헤쳐나가고 있다는 것을. 토요일마다 광장에 나와 제 목소리를 내는 아이들을 보며 더욱 절실히 느낀다. 고맙다, 아이

들아. 그리고 미안하다, 추운 겨울밤 광장에 나올 수밖에 없는 세
상을 만들어서.

2016년 겨울

구경미